へたれ探偵　観察日記

相本孝思

幻冬舎文庫

へたれ探偵　観察日記

目次

第一話　鹿に食べられた息子

【柔井《やわい》公太郎《こうたろう》の日記】

　四月二四日

今回の事件は、最初から嫌な予感がしていました。

ぼくの予感はとてもよく当たります。

絶対に、すんなりと解決できるものとは思えなかったのです。

彩音《あやね》先生はいつも大きな依頼を請け負ってきてくれます。

でも、そういうものはきまって難しくて、恐くて、大変なものなのです。

『息子が鹿に食べられてしまった』

そんな依頼を、一体どうやって解決すればいいのでしょうか。

しかも依頼人は立派な会社の社長さんです。

ビルも綺麗で大きくて、社員さんたちも大勢おられます。

そんな中で、ムシケラのようなぼくにできることなんて何もありませんでした。

せいぜい失敗しないように、お邪魔にならないようにと、大人しく縮こまっているのが精一杯でした。

人間は、身の丈にあった仕事をすべきです。

頭が良くて、格好良くて、強くて頼もしい人。つまり彩音先生のような人間は、その能力を存分にいかせる職業に就けばいいと思います。

でもあまり頭が良くなくて、格好悪くて、弱くて情けない人。つまりぼくのような人間は、ほどほどに無理のない職業に就いて、慎ましやかに生きていく方が幸せなのだと思います。

ですから、今回の事件を終えてみて、やっぱりぼくは探偵には向いていないのだと分かりました。

【不知火《しらぬい》彩音先生よりひとこと】

へたれのお前に向いている職業なんてねぇよ。

一

奈良公園は奈良県の北部、奈良市のほぼ中央に位置する名勝地である。

その起源は西暦七一〇年、平城京遷都のおりに興福寺《こうふくじ》などの諸大寺が飛鳥《あすか》の都から遷《うつ》り拓《ひら》いたものとされている。以来一三〇〇年以上もの長きにわたり、仏教・神道の一大拠点として信仰と観光の対象とされてきた。

現在においても県内随一の観光スポットとして知られるこの地は公園といえども広大で、周辺の寺社仏閣を含めると総面積でおよそ六六〇ヘクタールにもおよんでいる。これは東京ディズニーランドが一三個ほども入る計算となるが、一般的に奈良公園として知られている敷地はその三割ほどに過ぎず、他は春日山原始林《かすがやまげんしりん》を含む山林となっていた。

平地の公園内には全国にある春日神社の総本社となる春日大社をはじめ、『奈良の大仏』として知られる盧舎那仏《るしゃなぶつ》を本尊とする東大寺や、三面六臂《さんめんろっぴ》の阿修羅《あしゅら》像が特に有名な興福寺、シルクロードの貴重な宝物を収蔵する正倉院《しょうそういん》や奈良国立博物館など、悠久なる古都の歴史に触れることのできる名所が数多く点在している。また古くより神の使い、神鹿《しんろく》として保護されてきた野生の鹿がいたるところに生息しており、こちらは実際に触れることもできるだろう。

奈良公園の西には最寄り駅となる近鉄奈良駅があり、その周辺は市街地となっている。駅から南へと延びる東向《ひがしむき》商店街には観光客を受け入れる飲食店や土産物屋などが軒を連ね、その端は東西に延びる目抜き通り、三条通《さんじょうどおり》へと繋がっている。東へ少し上ると猿沢池《さるさわいけ》があり、西へかなり下るとJR奈良駅まで続いているが、その距離は一キロほども離れている。近鉄奈良駅からもほぼ同距離にあり、つまり二つの駅は同じ『奈良駅』ながらまったく連結していない。おかげで思い違いから不便を強いられる観光客の話は定番となっていた。

また市街地の南、奈良公園の西南一帯は『ならまち』と呼ばれる歴史的な街並みが広がっている。

古くは東大寺や興福寺、元興寺《がんごうじ》の仕事にたずさわる人々が居住する地域であったが、江戸時代には奉行所が置かれて発展。墨や筆、酒や布を扱う産業の町として栄えた。近年はその小ぢんまりとした趣《おもむき》ある町家の風景が注目を集め、新たに飲食店や雑貨店なども開店し再び盛況の兆しを見せつつあった。

『株式会社ソメヤ』はそんな『ならまち』の南、大通りを挟んでビルやマンションが建ち並ぶ一画に社屋を構えていた。この辺りにしては背の高いビルと広い工場を併設しており、スーツ姿や作業着姿の社員たちが敷地内を行き交っている。アパレル業界の老舗として、関西方面では特に名の知れた会社だった。

陽射しの強さと暖かさに春を感じる四月上旬の午後、その会社の五階の会議室で騒動は起きた。その日、会議室では社長の染谷《そめや》益男《ますお》ほか三人が新規ブランドの企画と展望についての会議を行っていた。社長以下は企画部課長の糸井《いとい》秀典《ひでのり》、営業部部長の木端《きばた》俊彦《としひこ》、そして社長の息子でもある営業部の染谷圭次《けいじ》。圭次は二四歳の平社員だが、社長の息子という立場もあって会議にも同席させられていた。

ある程度の話し合いが進んだ頃、染谷は電話の呼び出しを受けて会議室を出た。電話の相手は織原紡績《おりはらぼうせき》という大阪の会社の社長で、内容は繊維業界がかかわる組合についての簡単な確認だった。社長には社長なりの役割と雑務があり、会議ひとつままならないことも多い。しかし織原紡績とは付き合いが長く、大口の取引先でもあるので疎かにする訳にもいかなかった。

二〇分ほどの電話の後、染谷は再び会議室へと引き返す。しかしなぜか部屋の前には人だかりができており、ぼそぼそと話し合う声が聞こえてきた。見れば同じフロアにある経理部の者たちらしい。一体何事かと思い声をかけようとすると、部屋の一番奥にいた女が振り返った。

「ああ、あなた、大変よ！」

女は染谷の妻でもある、経理部部長の染谷つや子だ。だがその顔は長年連れ添った夫ですらこれまで見たことがないほど恐怖に青ざめている。染谷が驚き戸惑っていると、彼女は人目も気にせずすがりついて叫んだ。

「圭次が！　圭次が鹿に食べられてしまったのよ！」

二

事件の三日後、『フロイト総合研究所』の不知火彩音と柔井公太郎は、同じ会議室で染谷夫妻と対面していた。フロイト総合研究所、通称フロイト総研は、研究所と名乗っているが探偵を生業とする会社である。三条通の中ほどに事務所を構えており、二人もそこに所属する者だと夫妻に名乗っていた。

「息子さんが、鹿に食べられてしまったんですか」

不知火は確認するように繰り返す。二八歳。襟の大きなシャツとブランド物らしい黒のスーツを身に着けた、長身でスタイルのいい女。少し明るいブラウンの髪を後ろで束ねて前髪を軽く流している。フレームの赤い眼鏡の奥には大きな瞳が爛々と輝き、すっと通った鼻筋の下に形の良い唇が潤っていた。

「鹿というのは動物の鹿のことですか？　そこの、奈良公園で見かけるような？」

「そうです。奈良公園にいるような鹿です。それが主次を、一人息子の主次を食べてしまったんです」

つや子は声を震わせて答える。大作りな髪型と襟元のスカーフから品の良さと裕福さを漂わせている。ただその顔は暗くやつれていた。

「これは、もう少し詳しくお聞きする必要がありそうですね」

不知火は鼻から息を噴いて居住まいを正す。その表情はいささかも動じてはいなかった。

「つや子さん、息子の主次さんは鹿に、いつどこで食べられたんですか？」

「三日前です。場所はこの会社の下です」

「つや子さんもその様子を見たんですね？」

「見ました。鹿が主次を食べて、わたしの方も睨《にら》んできたのです。ああ……」

つや子はその光景を思い出したのか手で顔を覆う。

「まさか、まさかこんなことになるなんて……」

「それはショックだったでしょうね。で、その鹿はどうなりましたか？」

「あっという間にどこかへ逃げ去りました。きっと奈良公園にいる他の鹿たちに紛れ込んだのでしょう」

「そうですか。では、わたくしどもへの依頼というのは？」

「鹿を、あの恐ろしい鹿を捜し出してください！　圭次の仇《かたき》を取ってください。お願いします、不知火先生！」

つや子は顔を上げて不知火に懇願する。冗談を言っている雰囲気でもなく、彼女の表情にはやるせない怒りと悲しみが混在していた。隣に座る社長の染谷は腕を組んで目を閉じている。白髪の頭を綺麗に整えており、やや日焼けした顔には精悍さが感じられた。不知火が目線だけを右に向けると、青ざめた顔の柔井と目が合った。

「何だよ、ハム太郎」

不知火はふいにぶっきらぼうな口調を見せる。彼女は柔井の名を「公太郎」ではなく、片仮名の「ハム太郎」と呼んだ。

「いえ、その……」

柔井はぼそぼそとした声で口籠もった。二四歳。堂々とした態度の不知火とは対照的に、こちらはひどく気弱そうな若い男だった。セールで見かける鼠色のスーツを身に着け、猫背気味の痩せた体をそわそわさせて、居心地の悪そうな雰囲気を漂わせている。ファッションとは言えないぼさぼさの頭をうつむかせて、陰気そうな顔は上げようともしなかった。

「その……本当なんでしょうか？　彩音先生」

「本当？　何が？」

「嘘なはずがないでしょ！」

つや子は柔井に向かって声を上げる。

「人食い鹿が出たのよ！」

「はあ。で、でもそんな猛獣が、この奈良に……」

「そうよ。そんな猛獣がこの奈良にいるのよ！　このままだと観光客まで襲われて、食べられてしまうわよ！」

「ひぃっ」

柔井は思わず身を仰《の》け反《ぞ》らせて不知火の方を向く。

「せ、先生、どうしましょう」

「ハム太郎」

不知火が冷めた目で呼びかけるも、柔井は両手をぱたぱたと振り回す。

「大変なことが起きました。大事件です。いくら先生でもさすがにこれは無理ですよ」

「そんな！」

つや子はテーブルに手をついて身を乗り出す。

「引き受けてくれると思ったから話したのよ！　断るなんて失礼じゃないの！」

「でもそんな、うちはただの探偵ですから、猛獣退治なんて」

「わたしの息子が、圭次が食べられたのよ！」

「いやだからそういうのは、保健所とかハンターとかのお仕事だから」

「あなたじゃ話にならないわ！　先生、お願いします！」

「ちょっと先生、も、もう帰りましょうよ。鹿が、ここにも人食い鹿がやって来ます」

「ハム太郎」

「ぐっ」

柔井はふいに呻《うめ》き声を上げて声を止める。テーブルの下では不知火が彼の脇腹に肘鉄を食らわせていた。

「お前ちょっと黙ってろ」

「ごめんなさい……」

柔井公太郎は弱々しく身を縮める。不知火は顔を正面に戻すと、興奮するつや子の手を取って微笑みかけた。

「つや子さん、わたくしどもの役目は依頼人のお悩みを解決することです。困っている人を決して見捨てはいたしません」

「はい……ありがとうございます、不知火先生」

つや子は不知火の方に向き直って安堵の顔を見せる。不知火は彼女が落ち着くのを待ってから染谷の方に目を向けた。

「さて、染谷社長はどうですか？　社長もこのご依頼内容で間違いないということですか？」

不知火が尋ねると染谷は大きく溜息をついてから首を振った。

「いや……妻が突拍子もない話をしてすまなかった。わたしの方からあらためて説明しよう」

「ではつや子さんのお話とは異なると？」

「当たり前だ。圭次は鹿に食われた訳じゃない」

「社長！」

つや子が再び声を上げる。

「そんな、鹿じゃない猛獣まで出たんですか？」

柔井も震えた声を上げる。同時に不知火がもう一発、彼の脇腹に肘鉄を食らわせた。

三

「依頼したいのは、失踪した圭次の捜索だ」

染谷は妻と柔井の反応を無視して話を始めた。

事件は三日前の昼、この会議室で何の前触れもなく発生した。当時、会議室では染谷と息子の圭次と、ほか二名を含めた四人で会議を行っていた。その途中で染谷は電話対応で一旦退室したが、それとともに他の二名もそれぞれが用事で席を外して、一時的に圭次が一人でここに残る間があった。おそらくそれは五分にも満たない時間だろう。その後染谷が戻ってみると、会議室の前に同じフロアの経理部の者たちが集まっていた。何事かと思い尋ねると、圭次が窓から飛び降りたと騒いでいた。

「圭次さんは窓から飛び降りたんですか？」

不知火は背後の窓を振り返る。そこには床から一メートルほどの高さにある窓が部屋の端から端まで六面並んでいた。ごく一般的なオフィスのガラス窓で、上はほぼ天井までの高さがある。染谷は、そうだと答えた。

「その窓の、左から三つ目からだそうだ。それでわたしも驚いてすぐに窓から顔を出して覗いてみたが、地上に圭次もいなければ落ちたような痕跡もなかったんだ。だからその時はみんなの見間違いじゃないかと思ったが、それから今まで、圭次がどこにも見当たらないんだ」

「つまり五階の窓から飛び降りたにもかかわらず、地上には落ちずに姿を消したということですか」

「みんなの話を信じるとすれば、そういうことだ。いや、まったく訳が分からないよ」

染谷は大きく溜息をつく。

「それで前に知人の弁護士から紹介されていた、フロイト総研の不知火先生に相談しようと思って、きょうお越しいただいたんだ」

「根津《ねづ》先生にはいつもお世話になっております」

不知火は先回りして答える。染谷はうなずいた。

「これまでにも数々の難事件を解決してきた有能な方だと聞いている。根津先生の話によると、不知火先生は心理士としても活動されているそうだね」

「ええ。心理学を学びつつ、生駒《いこま》市にある『聖エラリイ総合病院』にて臨床心理士としても勤務しています。犯罪心理学に詳しい根津先生ともそこで知り合いになりました」

「探偵業と心理士を兼業で？　お若いのに大したもんだ」

「どちらも、形のないものを明らかにする点では同じです」

不知火は謙遜せずに返す。その態度に染谷は信頼感を覚えた。

「それで不知火先生、どう思う？　圭次はどこに消えたんだろうか」

「その前に確認したいのですが、どうして染谷社長とつや子さんとの間で認識の食い違いがあるんですか？　染谷社長は窓から飛び降りていなくなったと仰いましたけど、つや子さんは鹿に食べられたと仰いましたよね？」

「いや、妻は少し混乱しているんだ」

「そんなことありません！」

　染谷の発言をつや子は声高に否定する。

「食い違いも何もありません。その窓の外、真下に鹿がいたのよ。でも社長が来た時にはもういなくなっていたのよ」

「おい、馬鹿なことを言うんじゃない。鹿が人を食うもんか」

　染谷も声を上げるが不知火はそれを制した。

「染谷社長、お待ちください。つや子さん、つや子さんはその様子を、鹿がまさに圭次さんを飲み込む光景を見たんですか？」

「直接は見ていないわ。だけど圭次が窓から落ちて、見下ろしたら鹿だけがいたんだもの。食べられたとしか思えないでしょ。きっと頭から足まで丸飲みにされたのよ」

「丸飲みに……そうかもしれませんね。それは一体どんな鹿でしたか？」

「とても体の大きな鹿よ。奈良公園で見かける鹿よりもずっと大きい、怪物のような図体だったわ。それが怒ったような顔でこちらを見上げてわたしを睨んでいたの。わたし、あんな恐ろしい顔の鹿は初めて見たわ」

「つや子さんの他に見た方はいますか？」

「経理部の者たちが何人も見ているわ。みんな大きい大きいって驚いていたもの。でも最初に気づいたのはわたしよ。圭次が窓から落ちるのもわたしだけが見ていたの」

「どうしてつや子さんが最初に気づいたんですか？　会議室にはいませんでしたよね？」

「ドアが少し開いていたのよ」

つや子は自分の背後のドアを示す。

「ちょうどその隙間が、外のわたしの席から見えていたの。それで、そう、鶏の鳴き声が聞こえたのよ」

「え、鶏ですか？」

「そう、コケコッコーって。それで目を向けたら、圭次が落ちていったのよ」

つや子は深刻な表情で語る。不知火はちらりと染谷の方に目を向けた。

「染谷社長も鶏の鳴き声を聞きましたか？」

「聞くはずがないだろ」

染谷は素早く否定する。

「ここはビルの五階だよ。会議室に鶏なんていないし、うちも飼ってはいない。だいたい、鶏が鳴くのは朝じゃないか」

「わ、わたしが嘘をついていると言うんですか！」

　つや子が染谷に向かって声を上げる。

「たしかに聞いたのよ！　間違いなく鶏の鳴き声だったのよ！　だからわたしも不思議に思って会議室の方を見たんだから！」

「だから、鶏なんてどこにいるんだ、どこに」

「圭次は鶏に誘われて鹿に食べられたのよ！」

「いい加減にしないか！」

「お二人ともどうか落ち着いてください」

　不知火は丁寧ながらも強い口調で二人を制する。

「わたしはお二人のお話をどちらも信用しています。たとえ内容の齟齬《そご》があったとしても今はまだ大切な情報です。染谷社長、圭次さんはどんな息子さんですか？」

「どんなと言われても、いたって普通の息子だよっ！」

　染谷は妻への怒りを抑えつつ、手元のファイルから写真を取り出して不知火に手渡す。行方不明の染谷圭次。写真は入社時に撮影したものらしく、短髪でこざっぱりとした青年が気楽そうな顔で写っていた。染谷夫妻の一人息子であり、営業部に籍を置く二四歳。今はＪＲ奈良駅の西側に建つマンションで一人暮らしをしていた。

「もちろん、そのマンションにも帰って来てはいないんですね？」

不知火の質問に染谷社長はうなずく。

「合鍵で部屋にも入ったが、もぬけの空だった。帰って来た様子もない。鞄も会社に置きっ放しだ。携帯電話も電源を切っているらしく繋がらないんだ」

「圭次さんは以前にも連絡なしに出て行ったり、何日も帰って来なかったりしたことはありましたか？」

「若い男だから、旅行だとか朝帰りだとかで家を空けることはあった。しかしそれでもまったく連絡がつかなくなることはなかった」

「ここ最近、仕事面や生活面でトラブルとなるような出来事はありませんでしたか？」

「わたしも妻も特に覚えはない。ただ奴ももう子どもじゃないから、わたしたちの見えないところで何かあったとなると分からないよ。いや不知火先生、それにしてもだね……」

「それにしても、会議中に五階の窓から飛び降りて失踪するなんて普通ではありませんね」

不知火は染谷の言葉を繋げる。染谷も大きくうなずいた。

四

「さて、そうですね……」

　不知火は白い人差し指を顎につけてしばし考える。その顔つきもまた計算され尽くしたかのように理知的で絵になった。やがてそのまま流し目を隣に向ける。

「おい、ハム太郎」

「え？　何ですか？」

　急に呼びかけられた柔井は不思議そうな顔を向ける。不知火の表情がやや曇った。

「何ですかじゃねぇだろ。今までの話は聞いていたよな？」

「あ、はい。だいたいは」

「じゃあ、お前からも二人に何か聞きたいことはねぇのかよ」

「はぁ、いえ、ぼくは別に」

「なんにも質問がないってことはよ、もう聞かなくても事件は解決できたってことなんだよな？」

「それはその……」

　柔井はもごもごと口籠もるが不知火の視線は離れない。どうもこの女は同僚には容赦しないらしい。染谷とつや子は可哀想な新入社員を見るような目で彼を見つめていた。

「……その、染谷社長とつや子さんは、どうして相談をしないんですか？」

「はあ？」

　染谷とつや子は同時に声を上げる。柔井は肩をすぼめて縮こまった。

「ご、ごめんなさい。気になったものだから……」

「いや、君は何が言いたいんだ？」

　染谷は首を傾《かし》げて尋ねる。柔井の視線は染谷の顔にではなく、テーブルに置いた彼の手のあたりに注がれていた。

「えっと、だからその、鹿に食べられたにしても、窓から飛び降りていなくなったにしても、ぼくにとっては大事件のように思えるんです」

「わたしたちにとっても大事件だ。だからフロイト総研さんに、不知火先生に相談しているんじゃないか」

「でも早く、警察に通報しないと……」

「何言ってんだお前」

「ぐっ」

ふいに柔井は呻き声を漏らす。不知火が机の下でヒールの踵《かかと》を彼の足に突き刺していた。

「警察に相談したくねぇから、うちに依頼しているんじゃねぇか。そんなこと、ここにいる奴は全員分かってんだよ」

「そ、そうなんですか……ごめんなさい」

柔井は顔を伏せて謝罪する。不知火はあくまで穏やかな表情を二人に向けていた。

「それとも、すでに警察へも相談済みですか？」

「いや、まだ何も言っていないよ」

染谷が答える。

「状況が状況だ。あまり大袈裟にもしたくない。業界も案外狭いものだからな」

「それは賢明なご判断です。警察にはそんな配慮はありませんからね」

「わたしは捜索願を出してもいいと思うんだけど……」

つや子は心配そうにつぶやくが、染谷は露骨に顔をしかめる。

「窓から落ちて鹿に食われたなんて、警察にまで言うつもりか」

「だってそれは……」

「圭次さんはこちらの窓から飛び降りたんですね？」

二人が言い争いを始める前に不知火が立ち上がって背を向ける。左から三つ目の窓。染谷に確認を取った後、白い手袋を着けて窓を開いた。

「こっちは北側、奈良公園側になりますね」

「そうだ。正面玄関から向かって左手になる」

染谷とつや子も席を立って窓辺へと向かう。五階の窓の下には大通りが横に延びており、道を挟んで屋根の低い町家が軒を連ねている。その向こうにはホテルや和風旅館の大きな建物が見え、さらに奥には緑の木々に囲まれた奈良公園の一部まで目に入った。

「奈良公園の鹿が、こんなところにまで来ることがあるんですか？」

「たまに見かけるな。迷い鹿とでもいうのか、柵がある訳でもないから奴らも好き勝手に歩き回っている」

染谷は不知火の隣に立って答える。

「見かけたらどうするんですか？」

「放っておけばそのうち奈良公園へと帰る。怪我をしているとか、暴れているとかなら鹿の愛護団体に通報するだろうな」

不知火は窓から見える景色を観察する。五階ともなると想像以上に高い。真下を見下ろしても今は鹿の姿も猛獣の姿もない。左右に目を向けても社屋の壁面が続くばかりで、逃げ道になりそうな場所は見当たらなかった。

「もしここから落ちたとなると無事では済みませんね」

「ああ。それだけに心配だが、不可解でもある。地面に落ちればその場から動けなくなるだろ？」

「だから鹿に食べられたって言っているのに……」

つや子がぽつりとつぶやく。不知火は気を遣って小さくうなずいた。

「正面の、通りを挟んだ向かいに建物がありますね。あれは病院ですか？」

「そう。皮膚科の病院だ。それが何か？」

「あれ、三階建てですね。屋上はベランダ代わりに使っている。ここから飛んで着地できませんか？」

「なるほど……圭次は真下ではなく、あの病院へと飛び移ったという訳か。それで病院内から外へ出たと」

「いや、でも、ちょっと遠いかな」

「いや、圭次は高校生の頃は陸上部に所属していたんだ。中距離走の選手だったが県の代表にも選ばれたこともある。運動神経がいいからいけるだろう。いや、さすが探偵の先生だ」

染谷は声を上げて感心する。この推理が正しければ、少なくとも圭次が窓から飛び降りても怪我を負うことなく行方をくらますことができる。しかし不知火は釈然としない表情のまま口を開いた。

「おい、ハム太郎」

「な、何ですか？」

不知火の背後から声が聞こえる。柔井は一人、先ほどと変わらず椅子に腰かけたまま窓に背を向けていた。

「何ですかじゃねぇだろ。お前もちょっとこっちへ来い」

「嫌です」

柔井は即答する。不知火は軽く舌打ちをすると振り返って彼の肩に手を置いた。

「大丈夫だよ、ちょっと見るだけだから」

「嫌です。ぼくは本当に嫌なんです」

柔井は激しく首を振る。染谷とつや子は不思議そうに二人の様子を見つめていた。不知火は彼の腕を摑んで引き上げる。

「おら立てよ、ハム太郎。探偵が現場を見なくてどう解決すんだよ」

「許してください。あの、後で外へ出て調べますから」

「上から落ちたのに下から見上げてどうすんだよ。馬鹿かお前は」

「じゃ、じゃあカメラで、カメラで写真を撮ってください。ぼくはそれを見ますから」

「ふざけたこと言ってんじゃねぇよ！」

不知火はさらに彼の腕を持ち上げる。同時に指先で服の上から二の腕を強く摘《つま》んだ。

「い、いたた。立ちます、立ちます」

柔井は慌てて立ち上がる。染谷とつや子は訳が分からず顔を見合わせた。

「どうしたんだ？　柔井君は、具合でも悪いのか？」

「違いますよ。こいつは極度の高所恐怖症なんです」

不知火は眉間に皺を寄せたまま説明する。

「ほら！　ちゃんと窓に向かえ！」

「ぼ、ぼくは先生が見てくれたらそれでいいと思います！」

「わたしは今見てたじゃねぇか。それで圭次さんは向かいの病院に飛び移ったんじゃないかって思ったんだよ」

「じゃあそうです。そうに違いありません。ぼくもそう思います」

「てめぇはまだ見てねぇだろうが！　さあ、そのへたれ目でじっくり見やがれ！」

「わあ、押さないで。高い。無理です無理です。落ちる」

染谷が急に騒がしくなった柔井を呆れ顔で見つめる。やがて彼はなぜか後ろに倒れて尻餅をついた。

「た、助けて……先生に突き落とされる。鹿に食べられる……」

「ちゃんと見たか？　ハム太郎」

「見た。見ました。もう充分です」

柔井は涙目で不知火を見上げて首を振る。

「じゃあ何か気づいたか？」

「えっと、無理です」

「もう見なくていいから」

「いえ、先生の仰るような、向かいの病院の屋上へと飛び移るのは無理です」

「本当か？　圭次さんは陸上が得意だったらしいぞ」

「それでも、不可能です」

柔井は壁に向かって説明する。

「だって、この窓から病院の屋上までは四メートル二〇センチくらいあります。走り幅跳びなら不可能でもないですけど、窓枠から飛ぶという方法、助走なしの立ち幅跳びでは絶対に不可能です。オリンピックの選手だって四メートルは超えられないんです」

「じゃあ圭次さんはどこへ行ったんだよ？」

「左右にも逃げたり隠れたりする場所はないですから、きっと、下に降りたんだと思います」

「下に？　でもここの下には鹿しかいなかったらしいぞ」

「そうじゃなくって、地面ではなく下の階です。四階の窓の桟に半月状の足形が残っています。それにここにある八本の筋が……」

柔井は震える右手だけを伸ばして窓の桟を指差す。

「これはたぶん、親指を抜いた左右八本の指の跡です。だからその、五階の窓にぶら下がって、四階の窓の桟に着地して、窓から中へ入ったんだと思います」

「ふうん、その手があるか」

不知火は柔井の示した証拠を確認しつつ淡々と言う。染谷とつや子は今しがた目にした奇妙な光景にただ戸惑っていた。高所恐怖症で窓から顔を出すことすら恐がる柔井は、一目見ただけで道路の幅を見抜き、残された証拠を発見し、失踪の謎を推理していた。

「染谷社長、下の階には何がありますか？」

「ここの真下は営業部のフロアになるが……でも柔井君」

「はい、ごめんなさい」

柔井は条件反射のように謝罪する。

「……営業部にもその日は社員が大勢いたはずだ。圭次が窓から入ってきたらさすがに驚くだろう」

「あ、そ、そうですね。まったく仰る通りです。また余計なことを言ってしまいました」

「圭次さんが失踪していることは社員の皆さんも知っていますか？」

不知火の問いに染谷はうなずく。

「あえて告知はしていないが、もうほとんどの者が知っているだろう。社外へは長期出張で通している」

「こう言ってはなんですが、たとえば圭次さんが営業部の皆さんを口止めしている可能性はありませんか？　何かしらの事情があって染谷社長には秘密にして欲しいと頼んだとか」

「まず考えられない。営業部長の木端君は真面目で正直な男だ。他の者たち《たち》も、そんな質の悪い冗談に乗ったりはしないだろう。だから柔井君の説明はちょっと納得できないな」

「そうですか。では他の手段を検討してみましょう」

不知火はあっさりと返答すると、ぼんやりと窓の外を眺めているつや子に目を向けた。

「つや子さん、ご安心ください。必ず事件を解決してみせますよ」

「圭次は、無事なんでしょうか？」

「わたしが推測する限りでは、まず無事です。人食い鹿の餌食になっていない可能性も高いでしょう。フロイト総研にお任せください」

「……よろしくお願いします」

つや子は深々と頭を下げる。染谷も口を噤《つぐ》んだままうなずいた。不知火は自信に満ちた表情を二人に向けている。柔井は一人で壁に向かって落ち込んでいた。

五

染谷夫妻が退室した後、入れ替わりに別の男が会議室へとやって来た。

「どうもこんにちは。企画部の糸井です」

男はそう名乗って会釈する。企画部課長、糸井秀典、三七歳。法隆寺《ほうりゅうじ》の近くで一人暮らしをしている独身。事件発生時の会議に参加していた社員の一人だった。アパレル会社に勤めているだけあって、刈り上げ頭と顔に年齢を感じさせない若々しさと清潔感を漂わせている。ベージュのスーツと赤色系のネクタイにもこだわりが感じられた。

「社長に呼ばれて来たよ。探偵さんが出てきたということは、まだ圭次君は見つかっていないんだね？」

「ええ、まだ発見には至りません。でもおおよその見当はもう付いています」

不知火は平然と答える。対面の席に座った糸井は興味深げにその顔を眺めていた。

「それにしても俺、探偵事務所の人に会うのは初めてだよ」

「大抵の方はかかわることもなければ、かかわりたくもない職業だと自覚しています」

「そう？　君みたいな人とならかかわりたくもなるけどね」

「ありがとうございます。では少しだけご協力をお願いします」

不知火は微笑みつつ手帳を広げる。糸井も笑顔ではいと返事した。

先に聞いた染谷夫妻の証言については、糸井も迷うことなく相違ないと認めた。当時、糸井は染谷が電話の用件で退室した後、彼自身も別の電話の用件を思い出して席を立ち部屋から出て行った。電話の相手は同じ会社にいる開発部の課長。昼食を同席する約束をしていたが会議が長引き、昼の一二時を回ってしまったのでキャンセルしたいという連絡を取った。その後再び会議室へと戻ると染谷もすでに戻っており、つや子と経理部の者たちが騒いでいる最中だった。

「話を聞いたら圭次君が窓から飛び降りたというから驚いたよ。でも俺も会議室にはいなかったから、その間に何が起きたのかは知らないよ」

糸井は染谷夫妻と違って他人のせいか、いくらか気軽な態度で話す。圭次の失踪もさほど大事件とは捉えていないようだ。

「飛び降りる前までの圭次さんについてはどうですか？　何か不審な点はありませんでした

か？」

「分からないなぁ。会議中も特におかしな様子はなかったはずだけど」

「つや子さんは恐ろしい鹿に食べられたと言っていましたが、それについては？」

「ああ、まさか君まであんな話を信じている訳じゃないよね？」

　糸井は不知火に向かって逆に質問する。不知火は肯定とも否定とも取れないあいまいな表情で軽く首を傾げた。

「俺はね、神罰が下ったんじゃないかと思うよ」

「神罰、ですか？」

「だって奈良の鹿は神様の使いだからね。バチが当たったという方がしっくりくるだろ」

「なるほど。しかし、もしそうだとしたら、圭次さんは何か罰を受けるようなことをしたんですか？」

「あれ、まだこの話を続けるの？　てっきり聞き流されると思ったんだけど」

「聞き流しません。わたくしどもは情報を全て把握しておく必要がありますから。それともこの話は単なる思いつきでしたか？」

　不知火は片手で眼鏡を軽く整える。糸井は感心した風にうなずいた。

「思いつきじゃないよ。つや子さんの話を聞いた時、俺は本当にバチでも当たったんじゃないかと思ったよ」

糸井はそう言って話を始めた。

今から一週間ほど前の夜、糸井と圭次はたまたま会社からの帰り道で一緒になることがあった。その時、二人でJR奈良駅に向かって歩いていると、ふと道沿いの広場に一頭の大きな鹿を見かけた。ただこの辺りは奈良公園にも近いので鹿がいる光景は大して珍しくもない。それで糸井は気にせずに通り過ぎようとしたが、そこでなぜか圭次は、おもむろに近くの石を拾うなりその鹿めがけて投げ付けたというのだ。

「石を？　圭次さんは鹿が嫌いなんですか？」

「どうもそうらしいね。彼も奈良で生まれ育っているはずなのにね」

「それで、その鹿はどうなりましたか？」

「暗かったから石が当たったのかどうかまでは分からないけど、さすがに驚いて飛び退《の》いたよ。圭次君に聞いたら、目障りだったたって言うんだ。呆れたよ」

「それは酷い。そんな理由で危害を加えられたら神罰も下りますね」

「石を投げ付けられた鹿はね、夜の暗闇の中でじっとこっちを見つめていたんだ。たしかにかなり大きい鹿だった。つや子さんが見た鹿と同じかどうかは知らないけど。というか、たぶん違うと思うけどね」

糸井は本心とも冗談とも付かない態度で語る。不知火は横目でちらりと柔井を見る。彼も不安げな顔を向けていた。

「糸井さんから見て圭次さんはどんな方でしたか？」

「そうだなぁ。鹿に石をぶつけたことはともかくとして、頑張っていたと思うよ。今のところは仕事熱心だし愛想もいい。ただ傲慢というか、俺や他の上司に敬語を使わないとか、同僚を軽く見ているところはちょっと鼻につくかな。取引先でもあんな態度じゃないだろうかと心配だよ」

「何かトラブルを抱えている様子はありませんでしたか？」

「どうかな。俺は彼とは職場でのかかわりしかないから」

「しかし圭次さんはその職場の会議室からいなくなりました」

「彼が仕事でそこまで苦しんでいたとは思えないな。まだ新人だからそれほど重い仕事も任されていないだろう。何より社長の御曹司だ」

「では私生活で何かあったということですか？」

「俺はそう思う。でもそっちについては何も知らないよ。社長か、つや子部長に聞いてもらわないと。それか、経理部の氷川《ひかわ》さんとか」

「経理部の氷川さん？」

「ないしょだけど、圭次君と付き合っているって噂だよ。何がどこまで、どうなっているかまでは知らないけどね」

「そうですか。初耳でした。ありがとうございます」

不知火はそう礼を述べて手帳を閉じると、再び隣の柔井に目を向ける。彼は机に向かってうなずいたり首をひねったりしていたが、不知火の視線に気づいて顔を上げると、震えるように小刻みにうなずいた。不知火は彼から目を離して再び口を開く。

「今のところ質問は以上です。お付き合いいただきありがとうございました。後日また事件についてお聞きしたい内容が出てくるかもしれませんが、その際にはあらためてよろしくお願いいたします」

「ああいいよ。圭次君が見つかったら今度は俺も相談しようかな」

「はあ、何かお話があるのですか？」

「うん、彩音先生に個人的なお話とかね」

糸井は歯を見せて笑いかける。不知火も彼の話の意図に気づいて微笑み返した。

「どうぞご遠慮なく、いつでもご相談ください。相談料は経費を別として、一時間一二万円から承っております」

「冗談だよ。社長には言わないでね」

糸井はあっさり引き下がって席を立つ。不知火も立ち上がるとその場で深く頭を下げた。柔井もつられてお辞儀をしたが、彼は最後まで糸井からは一切関心を持たれていなかった。

六

事件発生時の会議に参加していたもう一人の男、営業部長の木端俊彦は外出中だった。帰宅時にフロイト総研の事務所に立ち寄らせるという話になったので、不知火と柔井は次に四階のフロアへと向かった。不知火は染谷とつや子の案内を辞退して、代わりにつや子の部下でもある経理部の氷川を付けてくれるように頼む。表向きは社長と経理部長に遠慮をした形だったが、もちろん目的は氷川自身に会うことだった。

「氷川さんも事件が起きた時は経理部のフロアにいたんですか？」

四階へは階段を使って下りることになったが、その途中で不知火は早速氷川に質問を投げかけた。

「部長のつや子さんが急に会議室に入って声を上げられたので、他の者たちと一緒に駆け付けました」

氷川はやや緊張した面持ちで返す。氷川千雪《ちゆき》、二四歳。近鉄奈良駅近くで家族と同居しており、大阪に五つ上の兄がいるらしい。首元までの黒髪を横分けにした髪型に、色白で目鼻立ちのはっきりとした顔をしている。若く初々しい印象が感じられた。

「つや子さんは会社の下に恐ろしい鹿がいるのを目撃されたそうですが、氷川さんもご覧になりましたか？」

「会社の外に一頭だけいるのを見かけました。でもつや子さんが言うように、圭次さんがあの鹿に食べられたとはちょっと思えません。わたしには、どこにでもいる普通の鹿に見えました」

「そうですね。鹿に食べられたというのはちょっと無理があるかもしれません。しかしそれでは、圭次さんはどうして窓から落ちて消えてしまったのでしょうか？」

「それは……わたしには分かりません」

氷川は口籠もりつつあいまいに返答する。誤魔化しているのか、本当に知らないのか、不知火にはまだ判断がつきかねた。

「氷川さんは圭次さんのことをよく知っていますか？」

「部署が違うので詳しくは知りません。ただ同じ歳で同期に入社しましたので、入りたての頃はよく声をかけ合っていました。その程度です」

「そうですか。まあそういうもんですね」

不知火は特に気に留めない風に返す。彼女が圭次と恋人同士であるという噂はまだ追及しないつもりだった。

「圭次さんと同じ歳ということは、二四歳ですね」

「はい、そうです」

「同じ歳……」

二人の話を後ろで聞いていた柔井がぽつりとつぶやく。氷川が不思議そうな顔で振り返ると、彼はさっと目線を逸らせた。不知火が代わりに口を開く。

「気にしないでください。こいつも二四歳で同じ歳ってだけですから」

「あ、そうなんですか。へぇ……」

「ごめんなさい。ぼくみたいなのが同じ歳で」

柔井はなぜか申し訳なさそうに縮こまる。

「いえ、別に……奈良のご出身ですか？」

「はい。生まれも育ちも今も奈良です。他の街へ移り住むなんてアクティブなこと、ぼくにはとても、難易度が高すぎます」

柔井は大袈裟に頭を振る。氷川は彼の態度に戸惑い、不知火に目を向けて助けを求めた。

「放っておいていいですよ。こいつ、同年代の若者たちに強い劣等感を抱いているんです」

「劣等感、ですか？」

「みんな一生懸命働いて、目一杯遊んで、充実した人生を送っている。それに比べて、どうしてぼくはこんなに馬鹿で、弱くて、情けなくて、ふがいない人生を送っているんだろうといつも悩んでいるんです、一人で勝手に」

「ええ？」

氷川は驚いて柔井を見る。彼は叱られた子どものように黙ってうつむいたまま、小さくうなずいて認めた。

「いえ、そんな、わたしも別に大した人生じゃないですけど……」

氷川は取り繕うような笑みを浮かべて言う。だが柔井は同じ態度で首を振って否定した。

七

四階は全面にわたって営業部のフロアとなっており、机とパーティションでレイアウトされた部屋には大勢の社員が仕事に追われて行き交っていた。氷川は先に奥へと進むと、おそらく管理職らしい中年の男性社員に何かを伝えた後、入口付近にいる不知火を呼び寄せた。

「課長に許可を取りましたので、どうぞ調査にあたってください。社員への聞き取りが必要な際にはわたしにお申しつけください」

「分かりました。今日のところはフロアの中を見るだけで結構です」

不知火は氷川にそう告げた後、先ほどの課長らしい中年社員にも笑顔で会釈する。彼の方も目と口を丸くさせて軽く顎を引いた。突然職場に若い女探偵が現れたことに驚いているらしい。他の社員たちもちらちらと様子を窺っていた。

四階のフロアは五階のフロアと同じ広さだが、その造りはかなり違っている。事件が起きた場所の真下も会議室ではなく、開放された空間にクリーム色の机が一列に並んでいた。不知火は左から三枚目の窓の前に立って観察する。一階分下がった奈良の景色からかすかに風が入り込んでいる。この時期は換気をかねて窓を少し開けているようだ。外側の桟の縁に足形らしき跡が残っていた。柔井が推理した通り、この窓からの侵入は不可能ではない。しかし染谷社長が指摘した通り、こんな所から入り込めば間違いなく社員たちの目に入るだろう。

不知火は振り返ってフロアを眺める。何人かの社員たちがさっと顔を逸らせる。遠くに見える入口付近では、手持ち無沙汰の様子で携帯電話に触れている氷川と、片付け忘れた掃除モップのように場違いな柔井が佇んでいた。

「あのへたれが……」

不知火は赤い唇だけを震わせてつぶやくと足早に彼らの下へと戻った。

「おい、何やってんだハム太郎。さっさと来いよ」

「いや、その……」

不知火の言葉に柔井は背を丸めて口籠もる。

「その、皆さんのお仕事の邪魔をしちゃいけないと思って」

「そんな所にいたらこっちの仕事にならねぇだろうが。お前が言った通りの条件が揃っているぞ」

「それは良かったですね。じゃあぼくはもう見なくても」

「お前、また窓が恐いって言うんじゃないだろうな？」

「窓が恐い？」

隣の氷川は携帯電話をポケットにしまいつつ首を傾げる。柔井は慌てて首を振った。

「ち、違いますよ。ぼくはその、そう、先生に代わってこのフロアの様子を調査していたんです。分担作業です。仕事の効率化を図っていたんです」

「じゃあ何か気になるところでもあったのかよ」

「それはええと、あそこに非常階段に通じるドアがあります」

柔井は窓とは正反対の場所にある鉄扉を指差す。扉の上にはたしかに『非常口』と書かれた緑色の誘導標識が掲げられていた。

「非常階段？　それがどうした。お前の逃げ道か？」

「いえ、その、外の非常階段を使えばエレベータや階段を使うことなく、誰にも知られることなくこのビルの外へと出られると思います」

「じゃあお前がやってみろよ。五階の窓から四階の窓へと降りて、このフロアを通り抜けて非常口まで行ってみろよ」

「ひぃ！　そ、そんなの無理に決まってるじゃないですか。恐いし、人が一杯だし」

柔井は弱々しい声を上げる。不知火は溜息をついてから眉間に皺を寄せた。

「あのなハム太郎。お前、言っていることが無茶苦茶だぞ」

「い、今のぼくには無理です」

「三日前の圭次さんならできたって言うのかよ。氷川さん、圭次さんがいなくなった日も、このフロアには社員さんが大勢いたでしょうね？」

「それはまあ、あの日も通常営業日でしたから、皆さん普通に勤務されていたはずです。営業部ですから外への出入りは多いでしょうけど、誰もいないなんてことはないかと思います」

「あ、そ、そうなんですか。すごいですね。ぼくにはとても勤まりそうにないです」

柔井はしょんぼりとうなだれる。氷川は再び対応に困り不知火を見る。不知火は放っておけとばかりに手を振った。

「誰もお前に勤めてくれなんて言ってねぇだろ。それが普通なんだよ。ちょっとは常識を身に付けろ」

「ごめんなさい……でも、ぼくはその、お昼ご飯もなしに働くというのは……」

「はぁ？　何の話をしてんだよ。昼飯ならちゃんと事務所で食べてきただろうが」

「いえ、ぼくじゃなくて、皆さんのお昼ご飯です。圭次さんがいなくなったのはお昼時だったから」

「お昼時……」

不知火は何かに気づいて目を大きくする。柔井は身を縮めたままうなずいた。

「き、企画部の糸井さんが、開発部の課長さんとの昼食をキャンセルしたと言ってたから。だから、営業部の皆さんもどこかへ行ってお昼ご飯を食べていたら、圭次さんは誰にも見られずにここの窓から侵入して、あっちの非常階段から会社の外へと出られたかなと、思ったんですけど……」

「氷川さん」

不知火は氷川の方を素早く振り向く。

「圭次さんが失踪された正確な時刻は分かりますか？」

「ええと、正確な時刻は分かりませんけど、お昼一二時は回っていました。経理部の者も何人か昼食に行っていましたから間違いありません」

　氷川も探偵二人の会話から意図に気づいて答える。

「このフロアの、営業部の皆さんは昼食をどこで摂っていますか？」

「フロア内での食事は厳禁です。皆さん昼食は外で済ませるか、一階の社員食堂で摂られています。お弁当を持参している方もそうしています」

「残って仕事を続ける方はいますか？」

「そこまでは聞いてみないと分かりません。でもこのフロアは一二時から一三時までの間は節電のため消灯されます。わたしのいる五階は社長室もありますし、経理部の電話対応もありますから消灯されません。だからわたしたちは交代でお昼休みを取ります」

「営業部の圭次さんならそんな勝手も知っていたでしょうね」

「そうですね。じゃあわたし、三日前のお昼の様子を課長に聞いてみます」

　氷川はやや興奮した面持ちで返すと、先ほどの課長の下へと向かって行った。

「すごい、さすが彩音先生だ」

　柔井もなぜか感心したような顔を見せる。不知火はそれを無視して、顎に指をかけてつぶやいた。

「でも、そこまでして会社から抜け出した理由って、一体何だ？」

営業部の課長の話によると、やはり三日前の午後一二時頃はフロアに誰もいなかった可能性が高いことが分かった。だが誰もいなかっただけに何が起きたのかも分からず、それ以上の情報は得られなかった。不知火と柔井はここまでと判断して一旦ソメヤから立ち去った。

八

三条通を西へと下り、途中にある奈良漬《ならづけ》屋の角から細い路地へと入る。『喫茶ムーンウェスト』という店が入ったレンガ色のビルを二階へと上がると、フロイト総合研究所の事務所があった。焦げ茶色の鉄扉を開けると、『ソメヤ』のフロアの五分の一にも満たない殺風景な部屋が広がっている。目に入る物といえばテーブル付きのソファが一セットと、古びたグレーの事務机が三セット。他は資料棚と本棚と、未整理らしき段ボールの山だった。

「ああ、疲れた」

不知火はうんざりしたような声を上げると、バッグを力一杯投げ捨ててソファに腰を落とす。

「お疲れさまでした。彩音先生」

柔井は逆に安心したような笑みを浮かべつつ、不知火と対面するソファにちょこんと座った。事務所内には他に人の姿はない。入口の鍵を開けたのも柔井だった。

「ああ……やっぱり事務所は落ち着くなぁ」

「うるせぇハム太郎、喋んな」

不知火はヒールを脱ぐなり長い足をどんっとテーブルに置く。先ほどまでのソメヤでの態度とはまるで違う。柔井は猫背をさらに丸めた。

「まったく、根津のジジイも面倒臭い仕事を紹介してきやがって。息子が鹿に食べられただの、窓から落ちて消えただの、冗談じゃねぇよ」

「びっくりしましたね。大事件です」

「息子よりあの母親の治療の方が先なんじゃねぇか？　いい歳して圭次が、圭次が言いやがって」

「で、でも本当に一体、何が起きたんでしょうか」

「知るか馬鹿」

不知火はソファに反り返るなり天井に向かって毒づく。

「若い男の一人や二人、どこかに行くこともあるだろ」

「でも、会社の会議中に窓から飛び降りるなんて」

「天気が良かったから飛んでみたんだよ。鳥になってみたかったんだよ」

「そんなこと……」

「ああ？　じゃあ何だよ、ハム太郎」

不知火は首を戻して柔井を睨む。

「わたしの推理に文句付けるお前は、どう思ったんだよ。おい」

「は、はい」

「顔上げろ。目ぇ見て話せっていつも言ってんだろ」

不知火の不機嫌な声に怯《おび》えて柔井は顔を上げる。氷のように冷たく、寒気がするほど端整な顔がそこにあった。

「どう思ったんだって聞いてんだよ。母親の世迷《よま》い言《ごと》を真に受けて、何か分かったのかよ」

柔井は震えるように首を振る。

「分かりませんじゃ通らねぇよ。探偵稼業をなめんじゃねぇ」

「こんにちはー」

事務所の外から女の子の声が聞こえて、入口のドアがノックされる。不知火はテーブルから足を下ろして振り向く。柔井は反射的に体を硬直させるとドアに向かって擦れた声を上げた。

「は、はい。こちらフロイト総合研究所でございます」

「電話じゃねぇんだよ、馬鹿」

「お帰りですかー？　葉香《ようか》でーす」

ドアの向こうから声が続く。不知火が返事をすると、制服姿にエプロンを着けた一人の女子高校生が事務所に入って来た。

「お疲れさまです、彩音先生。コーヒーをお持ちしました。さっき階段を上がるのを見かけたもんで」

「ありがとう葉香ちゃん。誰かと違って気が利くね」

不知火は笑顔を見せて喜ぶ。葉香も歯を見せて笑うと手に持つ銀のトレイをテーブルに置いた。月西《つきにし》葉香、一六歳。このビルのオーナーでもある『喫茶ムーンウエスト』の店長の一人娘。はねた茶髪に大きな目をした高校一年生だった。

「はい、ハムちゃんもどうぞ」

「は、はい。ありがとうございます」

柔井は手元のコーヒーカップに向かってぺこぺこと頭を下げる。葉香は気にせず不知火の隣に腰を下ろした。

「葉香ちゃん。きょうは早かったんだね。部活は？　バスケ部だよね？」

「来週から試験が始まるんですよ。だからきょうはお休みです」

葉香は持参したペットボトルの紅茶を一口含む。

「彩音先生も、きょうはハムちゃんと二人でお出かけしていたんですか？」

「うん。依頼があったからね。ハム太郎だけじゃ文字通り話にならないから」

「どんな依頼ですか？　聞いてもいいですか？」

「いいよ。名付けて、社長御曹司失踪事件！」

不知火は得意気な顔で言う。葉香は目を丸くして手を叩いた。

「すごーい。探偵さんみたい。どんな事件ですか？」

「ハム太郎、説明してあげて」

「は、はい。ええとその、社長の御曹司さんが、えと、失踪してしまった事件です」

「へぇー……」

葉香は柔井と不知火とを交互に見る。不知火は机の下で柔井の臑《すね》を蹴ると、あらためて事件のあらましを説明した。葉香は話を聞くなり興奮したように賑やかな声を上げた。

「えー！　その人、鹿に食べられちゃったんですか？」

「まさかまさか。それは母親の勘違いだよ」

　不知火は肩をすくめて首を振った。

「鹿に食われたのならわたしの出番はないでしょ。いなくなったから捜して欲しいというのが依頼だよ」

「ですよねー。じゃあどこかに隠れているんでしょうか」

「そうだろうね。友達のところかな」

「でもケータイ繋がらないんですよね。それで友達に連絡取れるのかな。一人でカラオケとか漫画喫茶を渡り歩いているかもしれませんよ。プチ家出みたいに」

「家出もなにも、その人は一人暮らしなんだけどね」

「でもお仕事中に窓から出て行ったなんて、変な話ですよね。何か大急ぎの用事でもあったのかな」

「それが一番の疑問だよね。家族にも会社にも知られたくない緊急事態って、葉香ちゃんなら何か思いつける？」

「何だろう、やっぱり友達関係とか？」

「お父さんにも相談できない？」

「内容によりますよね。恋愛の話だったら面倒臭いし」

「そうだよね。でもさすがに大人の圭次さんがそんなこと隠すとも思えない。せめて連絡くらいするよ」

「大人の男の人が、親に言いたくないことって何ですか？」

「何だろうね……銀行の入出金記録でも調べておこうかな。スネかじり虫なら金絡みかも」

不知火はそうつぶやくなり、再び柔井の臑を蹴った。

「こらハム太郎。お前も何か言えよ」

「え？　いや、ごもっともだなと思って……」

柔井は机の下で臑をさすりながら言う。

「わたしが探偵やった方が使えるんじゃないですか？」

葉香はいたずらっぽく笑う。柔井はいやもうまったくと頭を掻く。臑と頭を押さえた姿は猿のようだ。不知火は見下すような目を向ける。

「おいこらへたれ、うなずいている場合じゃねぇだろ。お前はどうすんだよ」

「どうって言われても、ぼくにも何も分かりません」

「えー、でもハムちゃんが何とかしないといけないんでしょ？」

「い、いや、それは先生が……」

「ふざけんな。わたしも暇じゃねぇんだよ」

不知火は柔井の手ごと牘を蹴る。

「あんなくだらねぇ依頼、お前が解決しろよ」

「そんな、だってあれは先生が請け負った依頼ですよ？」

「てめぇが仕事を取って来ねぇからだろ！」

「はい、ごめんなさい……」

柔井はしょんぼりとうなだれる。不知火は大袈裟に溜息をつき、葉香も呆れ顔で笑っていた。

「……言えよハム太郎。どうせそのへたれ目で、またくだらねぇところを見ていたんだろ？」

「いや、ぼくは別に、何も……」

柔井はもごもごと口籠もりながら、ぼつりぼつりとつぶやく。

「そういえば、あの経理部の氷川さん、マニキュアが剝がれていました。他の身だしなみはちゃんとしていたのに」

「氷川さん？　圭次さんと付き合っているって噂のあった人か。マニキュアが剝がれていたのはなぜだ？」

「手が、荒れているんでしょうか？　手というか爪が。あと制服のウエストがきつそうにも見えました」

「何だそれ。自炊でもして太ったってことか？」

「はぁ……あとは、企画部の糸井さんの頭、あれカツラです。頭頂部だけを補完するタイプです」

「本当かよ。わたしに向かって色目を使って来やがったくせに、苦労してんだな」

「それと、染谷社長はたぶん、ぼくのことが嫌いです」

「人のあら探しばっかり」

葉香が冷めた目でつぶやく。

「こいつは人の顔もまともに見られねぇもんだから、こそこそとそんなところばかり見てんだよ」

不知火も鼻で笑って返す。

「でも染谷社長に嫌われているのはハム太郎、お前自身のせいだよ。反省しろ」

「はい……あと染谷社長の言葉も気になりました。警察に相談していないことで。大袈裟にしたくない、業界も案外狭いものだって言っていましたけど、圭次さんが失踪したら何か問題でもあるのでしょうか」

「世間体が悪いって奴だろ。社長の息子が失踪したなんて聞いたら、会社経営も危ぶまれる。

ボンボンの経歴にも傷がつくんだろ。でもそこまで風評を気にする理由も気になるな。何かあんのかな？」

不知火は自問しつつコーヒーをすすった。

「あの、先生。鹿が人を食べるとか、神罰を与えるとか、そんなことって本当にあるんでしょうか？」

「そんな訳ねぇだろ。鹿にそんなパワーがあるなら、奈良ももっと発展しているか荒廃しているよ」

「そうですね。でも……」

「圭次さんが失踪した方法だって、ハム太郎が見つけた通りだよ。誰にもバレねぇように会社から出て行ったんだよ。でも何のためだ？」

「さっぱり分かりません」

「考えろ、馬鹿」

不知火はそう吐き捨てて口を噤む。三人の間にしばしの沈黙が流れた。

「考えたか、ハム太郎」

「え？　いや、まだ……」

「何だよ、やる気あんのかよてめぇ」

「い、一緒には考えてくれないんですか？」

「甘ったれんな」

「で、でも、依頼を解決しないと、ぼくたちの仕事がなくなります」

「ぼくたちのじゃなくて、ぼくの、だろ。わたしは病院の仕事があるんだから、こんな事務所潰れてもいいんだよ。ほら、必死で考えろ」

「じゃ、じゃあ鹿です。ぼく、やっぱり鹿が怪しいと思うんです」

「何だよそれ。怪しいからどうするんだよ。鹿に聞いて回るのか？　奈良県民は鹿語が使えるのか？」

「いえ、でも、そうだ。奈良公園内に鹿苑《ろくえん》という鹿の保護施設があるんですけど、そこの人に聞いてみるのはどうでしょうか？」

「鹿って人間を食いますかって？」

「はい、いいえ……」

「ふん、まあいいや。何も推理できないならいいんじゃねぇか。聞いて来いよ」

「え？　先生も一緒に来てくれないんですか？」

「なめんな、一人で行って来い」

「そ、そんな、無理ですよ。一人での聞き取り調査なんて、ぼくにはまだ早すぎます」

柔井はぶんぶんと首を振る。不知火は顔をしかめて舌打ちした。

「ああもう、相変わらず面倒臭い奴だな。じゃあ案内しろよ」

「面白そう！　彩音先生、わたしも行っていいですか？」

葉香が手を合わせて不知火に言う。だが不知火は笑顔で首を振った。

「だめでしょ。葉香ちゃんは試験勉強があるんだから。コーヒーありがとね」

「ちぇー。じゃあ頑張って来てください。ついでにハムちゃんも」

「あ、ありがとう葉香ちゃん。ぼく頑張るよ」

柔井はガラス細工のような拳を握り締める。

「『はじめてのおつかい』が偉そうにすんな。行くぞおら。それと五メートル離れて歩けよ。連れと思われるから」

不知火は大儀そうに腰を持ち上げる。それでも柔井は、ほっと息をついて安堵の笑みを浮かべていた。

九

奈良公園内の森の中には鹿苑という鹿の保護施設がある。高い塀に囲まれた広場には、訳あって集められた鹿たちが餌を与えられて生息していた。管理をしているのは『奈良の鹿愛護会』という一般財団法人であり、施設の脇に事務所を構えていた。

小さな役所のような雰囲気が感じられる事務所の中、柔井は一人佇んでいる。奥に目を向け、左に目を向け、右に目を向け、ようやく受付カウンターらしき場所を発見すると、拳で胸を押さえながらとぼとぼと近寄った。

「あ、あのう……」

「はい、こんにちは」

作業着を着た愛護会の女が愛想よく返事してカウンターに近づく。柔井はわずかに身を反らせた。

「あの、えと……」

「どうされましたか？」

女は不思議そうに首を傾げる。少し背が低く、少し丸顔で、親しみやすい雰囲気を醸し出している。だが柔井は顔を強張らせたまま、女の目線よりもさらに下の足下をじっと見つめていた。

「し、鹿が」

「はい、鹿が？」

「鹿が、その、息子を食べてしまって」

「え？　お子さんが鹿を食べてしまったんですか？」

「ち、違います。鹿の方が息子を、じゃなくて圭次さんを食べてしまって」

「鹿が……刑事さんを……」

「ど、どうしましょうか」

「どうって言われても……」

二人の間に沈黙が流れる。やがて柔井の背後から伸びた手が彼の顔を押しのけた。

「ごめんください」

現れた不知火が明るい声で挨拶する。女はしきりと瞬きを繰り返していた。

「おいどうだハム太郎。話は聞けたか？」

「いえ、まったく」

柔井は顔を押さえつけられたまま歪んだ声を上げる。不知火の爪が頬に食い込んだ。


現在、奈良公園にはおよそ一三〇〇頭の鹿が生息しており、その全てが国の天然記念物に指定されている。これは稀少な種類だからではなく、周辺の自然環境や文化的側面において重要な役割を持つという理由によるものだ。伝説によればおよそ一三〇〇年前の奈良時代に、遠く常陸《ひたち》の鹿島《かしま》神宮より白鹿に乗った武甕槌命《たけみかづちのみこと》をこの地に迎えたことが始まりとされている。以来、奈良の鹿はその白鹿の末裔《まつえい》として大切に扱われるようになった。

「奈良公園の鹿は飼い主のいない野生動物です。愛護会ではその頭数や生態を調査するとともに、怪我や病気をした鹿の救助、鹿寄せや角切りといった伝統行事の継承、愛護啓発活動などを行っています」

永手《ながて》と名乗った愛護会の女は、不知火たちとともに事務所を出ると鹿苑を前に話を続けた。鹿苑は療養が必要な負傷鹿や、人間に危害を加える鹿などが収容されている。また今は出産の時期でもあるため、出産前後の雌鹿も保護しているとのことだった。

「人間に危害を加える鹿というのは、噛んだりする鹿のことですか？」

不知火は灰色の塀を見上げつつ尋ねる。鹿苑内からは時折鹿の鳴き声が聞こえている。きゅうっと、古い木製の扉を開け閉めするような軋《きし》んだ音が断続的に鳴り響いていた。

「いいえ。鹿が噛むのは餌を欲しがる時です。危害を加える際には頭突きで攻撃してきます。雄鹿には角がありますので特に危険なんですよ」

「なるほど。危害を加える理由はなんですか？」

「一概には言えません。鹿苑に収容されているのは元から気性が荒くて人間には馴れない鹿たちも多いです。どうしてもそういう子はいますね」

「鹿の性格もなかなか複雑なんですね。ところで、奈良公園には特に柵や囲いもありませんけど、鹿がどこかへ行ったりはしないんですか？」

「それほど遠くまでは行きませんね。鹿の方も自分たちの状況が分かっているので、餌となるシバのない街中や道路を徘徊《はいかい》する気はないようです」

「でも公園から出ることもありますよね？」

「はい。それで周辺の木々や畑の野菜などを食害することもあって、近年では問題となりつつあります」

永手の説明に不知火はうなずいて返す。隣では棒立ちの柔井がしきりと鼻を鳴らしていた。

「おいハム太郎、お前から質問は？」

「あ、はい。ええと……」

柔井は迷うようにきょろきょろと辺りを見回しながら口を開く。

「なんか、臭いですね。鹿のフンのような、違うようなにおいがします」

「それはまあ、鹿苑内には鹿がたくさんいますから」

永手は平然と返す。

「……それと、鹿苑内ではフンや尿を集めて堆肥を作る場所もあります」

「あ、それか。だから有機物が分解されるようなにおいもするんだ」

「嗅ぎ分けられるんですか?」

　永手は驚いて尋ねる。柔井は小さくうなずき、そのまま会話は終わった。

「てめぇの質問はフンだけかよ」

　不知火は射貫くような視線を向ける。

「ああ、はい。ええとどうしよう。そうだ。さっき鹿苑内には出産前後の鹿も保護していると聞きましたけど、その、野生って何なんですか?」

「もうちょっと分かりやすく言えよ」

「だからその、人間が鹿の出産を手伝うんですか? 野生なのに?」

「いえ、違います。出産前の鹿は気性が荒くなって危険なので、見つけたら保護するようにしているんです。出産を手伝うようなことはしていませんし、どこかで勝手に生み落とす場合も多いんですよ」

「はぁ、そうなんですか。それと、奈良の鹿は神様の使いらしいですけど、そのやっぱり石をぶつけたりしたら神罰が下るんですか?」

「神罰? いえ、状況にもよりますけど、国の天然記念物なので文化財保護法違反が適用されるようです」

「あ、そうですか。あと、その、鹿ってお肉とかも食べたりしますか? 牛とか豚とか、その、人とか……」

「お肉？　いえ、奈良公園の鹿は野山のシバや木々の葉を食べて暮らしています。若草山《わかくさやま》に住む鹿はススキなどもよく食べているようです」

「あ、あまり好きじゃないんですね。ぼくもお肉とか脂っこいものは苦手だからよく分かります」

「よく分かっておられないようですけど、草食動物なので肉類は一切口にしませんよ」

永手は困ったような表情で答える。

「永手さん、鹿の食べ物といえば、あの鹿せんべいって何でできているんですか？」

不知火も呆れ顔で尋ねる。

「人間が食べるお煎餅とは違いますよね？」

「あれは小麦粉と米ぬかを混ぜて焼いたものです。鹿の食べる物ですからお砂糖などは使っていません」

「へえ、お煎餅とクッキーの間みたい。おいしくはなさそうだけど」

「そうですね。それと人間用の衛生管理はしていませんから、絶対に食べないように呼びかけています」

「あ、に、鶏が鳴いています！」

「うるせぇな。何を言ってんだよ」

柔井はふいに声を上げて、不知火が流れるように叱る。辺りに鶏の姿はなく、耳を澄ませても鹿苑から聞こえる鹿のか細い鳴き声と、近づきつつある自動車のエンジン音しか聞こえては来なかった。

「あ、あれ？　彩音先生、鶏なんてどこにいるんですか？」

「それはわたしの台詞だよ。鶏が一体どうしたんだよ」

「だって、その、つや子さんは圭次さんが窓から飛び降りる前に、鶏の鳴き声が聞こえたとか言ってたから」

「それがどうした。ここから『ソメヤ』までどれだけ離れていると思ってんだよ」

「でも、こんな時間に鳴く鶏なんて」

「誰にだって鳴きたい日くらいあるだろ。永手さん、どこかに鶏が落ちていませんか？」

不知火が興味なさげに尋ねる。永手は不思議そうな顔で首を振った。

「鶏は飼っていませんし、この辺りで見かけることもありません。他の鳥か、鹿の鳴き声と勘違いされたんですか？」

「いや、こいつが聞き間違えることは絶対にないんですよ」

不知火はさらりと返す。

「あ、また聞こえました」

柔井は再び声を上げるが、今度も不知火と永手の耳には届かなかった。やがて脇の小道から緑色のワゴン車が見えて事務所の前で停車する。愛護会のパトロールカーだった。

「あ、あそこに、鶏が入り込んでいます。人間を窓から突き落とす、恐ろしい鶏が……」

柔井は震える声で言う。永手は首を傾げながらも小走りで車に向かった。永手と揃いの作業着を着た若い男が運転席から降りてくる。

「お疲れさまです。藤原《ふじわら》さん」

「ああ、お疲れっす」

藤原と呼ばれた男が永手と、奥の二人を交互に見る。不知火の姿にしばし目を奪われて、再び永手へと目を戻した。

「どうしたの？　あれはどちらさん？　テレビの取材？」

「それより藤原さん。鶏でも捕まえて来たんですか？」

「鶏？　どこから？　何で？」

「そんなの知りませんよ」

「え？」

「こんにちは、お疲れさまです」

永手の背後から不知火が声をかける。

「ちょっとお聞きしたいんですけど、そちらに鶏、そう、鶏のオモチャなんてお持ちですか？」

「い、いや、そんなの持ってませんけど、何なんですか？」

藤原は少しかしこまって返答する。

「そりゃそうですよね。いえ、こっちの馬鹿が声を聞いたとうるさいもので」

「声って？」

「鶏の鳴き声です」

「鳴き声？　ああ！」

藤原はそう言うなり作業着のポケットから携帯電話を取り出す。

「これですか？　ええと……」

そして何か操作をすると、携帯電話から『コケコッコー！』と鶏の鳴き声が鳴った。

「あ、鶏だ！」

不知火と永手と柔井は同時に声を上げる。

「それ、メールの着信音ですか？　さっき二度ほど鳴りませんでしたか？」

不知火の質問に藤原はうなずく。

「そうですよ。なんか最近はやっているとか聞いて、面白いから使っているんです。えっと、はい、運転中に二通来ていたみたいですから、二度鳴ったと思いますよ」

「なあんだ、そういうことだったんですね」

永手は笑顔で不知火に言う。

「す。すごい。さすが彩音先生だ」

柔井も不知火の背後で感心した風に拍手をしていた。

一〇

染谷社長に電話で問い合わせたところ、圭次が鶏の鳴き声をメールの着信音に使っていたかどうかについては、その可能性もあるという返答が得られた。間違いないとは言い切れないが、はやり物好きの若者なので使っていてもおかしくはない。実際に耳にしたつや子も、そうかもしれないということだった。どうやら圭次の突飛な行動もそれによるものらしい。彼の携帯電話に送られてきた何者かからのメール。それが窓から飛び降りて失踪しなければならないほどの内容だったのだ。

鹿苑から事務所へと戻った不知火と柔井のもとに新たな客が訪れる。白髪まじりの頭に彫りの深い顔。細い黒縁の眼鏡をかけたスーツ姿の男だった。

「ソメヤの木端と申します。社長からこちらにお伺いするように言われて参りました」

「お待ちしておりました。わざわざお越しいただきありがとうございます」

不知火は丁寧に挨拶をして招き入れる。営業部部長、木端俊彦。四五歳。京都の南部で妻子とともに暮らしている。事件当時の会議メンバーであり、圭次と同じフロアの上司でもあった。木端は不知火たちとは対面となるソファに腰を下ろした。

「はじめまして、フロイト総研の不知火と申します」

「よろしく。なるほど、社長から若くて美人で有能な探偵だと聞いていたよ」

「それはそれは、さぞがっかりされたことでしょう」

「とんでもない。初めて社長と意見が合ったな」

木端は低い声で返してダンディに笑った。

「それにしても、奈良のこんなところに探偵事務所があるなんて知らなかったよ」

「目立ちにくいところにあるとよく言われます。道に迷われましたか？」

「地図があるから大丈夫だ。ただ、もっと大きなビルかと思っていた。他の所員、探偵さんは外出中ですか？」

「おりません。ここはわたしと彼の二人だけです」

「二人？　二人だけで探偵業を？」

「うちは実質、一人ですよ」

不知火はさらりと返す。木端はその隣で縮こまっている柔井に視線を向けてから、合点がいった風にうなずいた。

事件当時、木端は染谷社長と糸井の後に会議室から外へと出ていた。理由はトイレに行っただけということで、時間も五分にも満たなかったらしい。しかしその後戻ってみると例の騒ぎが発生していたということだった。

そして木端は圭次の失踪経路、五階の窓から四階の窓まで飛び降りて、営業部のフロアを通り抜けて非常階段から外へ出るという推理については、たしかに不可能ではないと回答した。

「うちは一二時から一三時までの間は誰もいないから、その方法も使えたかもしれないな。いや、さすが名探偵だ。部長のぼくでさえそんなことは気づきもしなかった」

「しかし、圭次さんがなぜそこまでして会社から出なければならなかったかについてはまだ分かりません。木端さんは同じ部署の上司として、ここ最近の圭次さんの様子で気になることはありませんでしたか？　たとえば浮かない顔をしていたとか、思い詰めているようだったとか」

「特にそんな印象もないな。むしろ普段よりも明るくなっていたような気もしていた。なにせ結婚の話もあったくらいだからね」

「あら、そうなんですか？　お相手はどなたでしょう。会社の同僚さんですか？」

「社長から聞いてないのかい？　織原紡績の織原辰雄《たつお》社長の娘で、結子《ゆうこ》さんだよ」

「あれ？」

突然、柔井が不思議そうに声を上げる。不知火は机の下で素早く彼の手の小指を折り曲げた。

「ぐっ、いえ、何でもありません……」

「織原紡績、聞いたことがありますね」

不知火は澄まし顔で返す。木端は柔井の態度には気づかずに話を続けた。

「ああ、『オリボウ』で知られる大阪の繊維メーカーだよ。うちとも取引のある大企業だ。結子さんもそこの社員でね、仕事絡みで圭次君と知り合って、という話だそうだ」

「圭次さんの失踪については、その方も知っているんでしょうか？」

「いや、おそらくご存じないだろう。仕事に関しても当面、社長が引き受けることになっている。ぼくもその方が助かるよ」

「ハム太郎、他に何か質問は？」

不知火は柔井の小指にかけた力をわずかに緩めて声をかける。完全に解放しないところか
ら、氷川との噂は口にしてはならないと分かった。

「あ、はい。ええと、木端さんも、その、圭次さんは鹿に食べられたと思いますか？」

「鹿に？　ああ、つや子さんの話か」

木端はつまらない質問だという態度で柔井を見た。

「いくらなんでも、それはないだろう」

「そ、そうですか。じゃあ神罰が下ったんでしょうか？」

「何？　神罰だって？」

「あ、ごめんなさい」

柔井はわずかに声を荒らげた木端に向かって即座に謝罪する。相手の顔をまともに見られ
ない分、声の変化は敏感に感じ取っていた。

「君、それはちょっと彼に失礼だよ。まるで圭次君が罰当たりなことをしたからこんな目に
遭ったようにも聞こえる」

「は、はい。でもそれは糸井さんがっ！」

柔井は言葉を途中で止める。不知火はスイッチを切るかのように、再び彼の小指を折り曲

げた。

「木端さん、調査中につき多少失礼な言葉になるのはご容赦ください。おいハム太郎、お前も何か思うことがあってそんな質問をしたんだろ？」

「は、はい。ええと、事件があまりにも不自然だから、その、もしかしたら圭次さんは、鹿に何か悪いことをしたから神罰を受けたのかなと思って。たとえば、鹿に石をぶつけたとか」

柔井は汗を頬に伝わせながら必死で説明する。木端は肩の力を抜いて呆れたような表情を見せた。

「何を考えているのかは分からないが、君の推理はまったくの的外れだよ。彼も奈良の人間なんだから、鹿は大切にしているさ。道を譲るくらいなんだから」

「ご、ごもっともで……」

「道を譲るって、鹿にですか？」

不知火は木端の発言を聞き逃さない。木端は当然とばかりにうなずいた。

木端の話によると、およそ一年前に営業で圭次の運転する車に同乗したことがあったという。その際、ちょうど通り道の脇で横断しようと窺っていた一頭の鹿を目にした。すると圭次はわざわざその手前で一旦停車して鹿に道を譲ってやったということだった。

「鹿の奴らも無茶はしないから放っておいてもいいんだが、圭次君は奈良では鹿が優先なんですとか言ってね。だから彼は、鹿から恩返しをされることはあっても、罰を受けるはずがないんだよ」

「鹿の恩返しとはまた面白いですね」

不知火は木端の話に合わせて穏やかな笑みを浮かべる。

「もちろんわたしも、圭次さんが鹿から何かをされたなんて思ってもいません。だいたいそんなことで人間が消えたりはしませんから」

「そういうことだ」

木端も当然とばかりにうなずく。柔井は叱られた子どものように口を噤んでうつむいていた。

「では木端さん、長々とお付き合いいただきありがとうございました。とても調査の参考になりました」

「それならぼくが来た甲斐もあったよ。なんとか圭次君を見つけて連れ戻して来てくれ。よろしく頼む」

木端は不知火に向かって頭を下げる。

「もちろんです。そのためにも、木端さんにひとつお願いしてもいいでしょうか？」

不知火は頭を上げた木端に向かって言った。

「わたくしどもを、織原結子さんに会わせてください」

二

翌日の午前、大阪の本町《ほんまち》にある繊維メーカー、織原紡績株式会社の入口に一台の高級車が停車する。後部座席のドアを開けて出てきたのは、株式会社ソメヤの社長、染谷益男。そして反対のドアからは白いスーツ姿の不知火彩音が現れた。くわえて、ややもたついた後、助手席からは普段と変わりない姿の柔井公太郎がそろりと這い出した。

「さすがはオリボウ、ご立派なビルを構えていますね。社長」

不知火は赤い眼鏡を摘んでビルを見上げる。

「関西繊維業界の雄だからな。頑張ってもらわないとうちも困る」

染谷社長は複雑な表情で不知火を見る。

「なあ不知火先生。本当に会議にまで付いてくるつもりか？　この辺の喫茶店かどこかで時間を潰しておいてはくれないか？」

「ご迷惑とは存じますがお願いします。お仕事の邪魔はいたしません。圭次さんの結婚相手を一度見ておきたいんです」

「圭次の失踪に織原さんは無関係だよ」

「それでわたしにも話してくれなかったんですね。染谷社長がご自身で探偵をされるというのならそれで結構です。わたしもこのままショッピングにでも行って来ます」

「分かったよ。くれぐれも圭次の話は秘密だからな」

染谷社長は不知火から顔を背ける。

「おい、柔井君！　早くこっちへ来なさい。君もうちの社員を騙るならもっと堂々としてくれ」

染谷社長に叱られて柔井はせかせかと駆け寄る。不知火は気にせずビルに向かって歩き始めた。

三人が織原紡績の会議室で待機していると、やがて二人の男女が姿を現す。企画部の伊福《いふく》部《べ》という男と、その部下の織原結子だった。

「これはこれは、染谷社長。わざわざすみません」

伊福部は大袈裟な態度で挨拶する。眼鏡をかけた人の好さそうな中年男性だった。隣の結子も笑顔で挨拶する。昨年入社したての新人ということだが、細身のスーツと小顔メイクにはすでに貫禄が備わっていた。

「こちらこそお忙しい中ありがとうございます。きょうはいち営業マンとしてお伺いしましたよ」

染谷社長はにこやかに言って隣の二人に顔を向ける。

「社員の不知火と柔井です。わたしだけでは心配だと言うから連れて来ました」

「ああ、部下の方ですか。ぼくはまたてっきり、社長が衣装モデルさんを同行されて来たのかと思いましたよ」

「はじめまして、営業部の不知火です。いつもは染谷圭次がお世話になっております」

不知火は伊福部に微笑みかけて名刺を差し出す。馴染みの印刷会社に頼んで急造した、ソメヤの偽造名刺だった。

「あ、は、はじめまして。や、柔井で……」

柔井は机に向かってしどろもどろに挨拶する。

「失礼。こちらは開発部の柔井です。少々あがり症なもので」

「はいはい、結構です。どうぞおかけになってください」

伊福部は特に気に留めずに話を進めた。

「ごぶさたしております、染谷社長」

結子が小さな声で挨拶する。派手な見た目に比べて初々しい口調だ。染谷社長はまるで自分の娘を見るような穏やかな表情を見せた。

「きょうは染谷さん、圭次さんはどうされたのですか？」

「ん？　ああ、圭次は出張に出ているんだ。ちょっと長引いてしまってね。きょうもまだ会社に戻っていないんだよ」

「あれ？」

柔井がぽつりとつぶやく。同時に不知火が机の下で彼の足を踏みつけた。

「ああ、ご出張だったんですか」

伊福部が初耳のような態度を見せる。

「どちらへお出かけですか？　いや、それなら結子さんも聞いていたんじゃないの？」

「いえ、わたしの方には連絡がありませんでした。それに携帯電話も繋がらなくて……」

「伊福部さん、結子さん。連絡がなくてすみません。実は圭次君、今は上海《シャンハイ》にいるんですよ」

不知火はまったく動じることなく言う。染谷社長も穏やかな表情のままわずかにうなずく。

柔井は不知火に足を踏まれたまま微動だにしなかった。

「上海の小さな展示会に当社の製品を出展することになりまして、圭次君はそのスタッフとして滞在してもらっています。本来はわたしが向かう予定だったのですが、急遽日本で別件の仕事が発生して行けなくなりました。それで彼に代わってもらったんです。きょうはそのお詫びもかねてお伺いした次第です」

「いえいえお詫びなんて。なんだそういうことか」

伊福部は首を振って納得する。

「それで連絡もなく出張に行ったんですか。あれ？　でも海外に行っても携帯電話は繋がるんじゃないですか？」

結子は鋭い質問を投げかける。不知火はわざとらしく困ったような表情を見せてうなずいた。

「それはまた別の問題です。実は圭次君、携帯電話の充電器を持たずに行ってしまって、途中で電池が切れてしまったそうです。現地で調達すればいいのですが、まあ一週間ほどの滞在ですし、あっちの会社から電話をかけることもできるので、そのままにしているようです」

「ああ、そんなことになっていたんですか。分かりました」

「結子さん。もし圭次君からの連絡が必要ならそのように伝えておきましょうか？　恋人に電話の一本くらいしなさいよって」

「あ、いえ結構です」

結子は少し頬を染めて戸惑う。

「特に用事はありませんので、わざわざお伝えいただかなくても大丈夫です。えと、お気遣いありがとうございます」

「承知しました。お互いに信頼されているんですね」

不知火も優しく微笑む。隣の染谷社長も気が抜けたように顔を緩めた。

「あ、そういえば、ぼくこの前圭次さんを見たな」

伊福部が思い出したように言う。染谷社長は思わず顔を強張らせた。

「あら、そうですか。いつ、どちらで？」

不知火は変わらぬ調子で尋ねる。

「ええと、四日前の昼過ぎだったかな。別件の仕事で奈良に行った際、近鉄奈良駅近くの喫茶店にいたよ」

「四日前のお昼過ぎ……そうですね、圭次君もまだ奈良にいたはずです。一人でしたか？それとも誰かと一緒でしたか？」

「男の人と一緒だったよ。どなたかはぼくも知らない。スーツじゃなくて黒いジャンパーを着て、こう言っちゃなんだけど、いかつい顔をしていたかな。どういう訳かぼくも無言で睨まれたよ」

「誰だ？　そんな奴知らんぞ」

染谷社長は思わず声を上げる。

「社長、それはたぶん、張《ちょう》さんですよ」

不知火は染谷社長の太腿にそっと手を置いて制した。

「伊福部さん、その方は上海の現地スタッフの張さんですね。見た目はちょっと恐いですけど、しっかりした方です。無言だったのは日本語が得意ではないからでしょう」

「ああ、あちらの方だったのか。じゃあ睨んだつもりもなかったかもしれないね」

「はい、どうぞお気になさらないでください」

不知火はさらりと返して口を閉じる。虚言だとは露ほども疑われない対応ぶりだった。四日前の昼といえば、圭次が失踪した直後となる。彼はやはり鹿に食われたのではなく、隙を突いて会社から抜け出していた。そして駅前の喫茶店で謎の男と接触していたのだ。

ふいに会議室のドアがノックとともに開く。禿頭に太眉、口ヒゲをたくわえた恰幅のいい中年男性が現れた。

「失礼。社長、染谷社長」

「おお、織原社長。これはどうも」

染谷社長が声を上げて、柔井を除く全員が腰を浮かせる。織原社長は柔和な笑みを見せてそれを制した。

「いいからいいから。染谷社長が直々に乗り込んできたと聞いたからね。外出前にご挨拶に伺ったんだ」

「そんな大層なものじゃないよ。圭次の尻ぬぐいだ」

「そうか。その圭次君はどうしたんだ？」

「今も話していたんだが、急用があってな。上海に出張しているんだ」

染谷社長は不知火の嘘を利用する。織原社長は疑いもせずにそうかと返した。

「結構じゃないか。彼には頑張ってもらわないとな。それで、そちらは衣装モデルの方かい？」

「いえ、営業部の不知火と申します。いつも大変お世話になっております」

不知火は座ったまま背筋を伸ばして深く頭を下げる。

「ああ、これは失礼。こちらこそよろしく。じゃあ染谷社長、またゴルフでもやろうな。それと圭次君にもたまには連絡を寄越せと言ってくれ。わたしじゃなくて結子にな」

「ちょ、ちょっとお父さん。仕事中ですよ」

結子が思わず反応する。

「だったらお前もお父さんは止めなさい」

織原社長はおどけて返し、染谷社長と伊福部と不知火が笑う。会話の波に乗れない柔井だけは、なぜかやたらとうなずきを繰り返していた。

一二

その後も織原紡績での会議は和やかなムードで進み、圭次に関してもそれ以降は話に上ることはなかった。昼前に会議を終えた三人は会社を出て再び車に乗り込む。最後まで不知火と柔井が疑われることはなかった。染谷社長は会議前と打って変わって、不知火に親しく接している。巧みな話術で圭次の失踪を誤魔化したことにくわえて、ファッションやアパレル業界にも明るく、織原紡績に極めて好印象を与えられたことも評価していた。

「わたしと織原社長は同じ歳でね、高校の同級生でもあるんだよ」

帰路についた車の後部座席で、染谷社長は隣の不知火に向かって話す。

「おまけにわたしも彼も家業の三代目で、規模は違うが業種も似通っている。だからライバル、というよりは戦友のつもりで長く付き合っているんだよ」

「ああ、それであんなに仲がいいんですね」

不知火は感嘆の声を上げる。それが誇張の演技であったとしても染谷社長にはもう分からなかった。

「しかも圭次さんと結子さんが結婚すれば親戚にもなりますね」

「そう、だから圭次にもさっさと出て来てもらわないと困るんだ」

「どうだハム太郎、何か分かったか？」

不知火は助手席に座る柔井の後頭部に声をかける。彼は暗い表情でちらりと振り返った。

「い、いえ。ぼくには何も分かりません……」

「そうか。探偵ならその言葉だけは死んでも口にするな。オリボウの人たちの印象はどうだ？」

「はぁ、ゆ、結子さんは、初めは落ち着かないようでしたけど、彩音先生の話を聞いて安心したみたいです。手の震えが止まりました。織原社長も声だけしか聞いていませんが、真っ当な受け答えでした。色々と思いはあるようですけど、染谷社長と圭次さんには信頼を寄せています。伊福部さんは完全に社交辞令でした。本心ではありませんが、そもそも染谷さんと織原さんとの関係には興味がなさそうです。つまり、誰も嘘はついていないようです」

「当たり前だよ。何てことを言うんだ君は」

染谷社長が不機嫌そうに言う。彼はふがいない柔井には厳しい。

「不知火先生。だから言っただろ、織原さんは無関係だって」

「事件には無関係かもしれませんが、圭次さんのバックグラウンドにおいては極めて重要な要素ですよ。ところで染谷社長、お願いしていた物は持って来てくれましたか？」

不知火はさらりと話を変える。染谷社長はかたわらの鞄を開けると、中から分厚い紙の束を出して手渡した。

「うちの全社員の履歴書だ。所属、氏名、住所、電話番号、家族構成、他にも諸々の経歴がまとめてある」

「拝見いたします。お手数をおかけしました」

「不知火先生、分かっていると思うが……」

「はい。知り得た個人情報は調査目的のみに使用し、外部には一切漏洩しません」

「大丈夫なんだろうね」

「三〇分、お時間をください。おい、ハム太郎」

不知火はそう言って紙束を柔井に手渡す。

「今ここで見て覚えろ。このまま返却するからな」

「あ、は、はい」

柔井は戸惑いつつも履歴書に目を通し始める。染谷社長は二人のやり取りに驚いた。

「おい、覚えるって本気か？　工場勤務も含めて三〇〇名以上いるんだぞ」

「何も問題ありません」

不知火は平然と返す。

「クイズをしている訳ではないですから、丸ごと暗記する必要もないんですよ。全員の存在と一部の気になる人を頭に留めておくだけでいいんです。後で必要になればまた書類をお借りします。染谷社長もその方がいいでしょう」

「それはそうだが、柔井君にそんなことができるのか？」

「できなければ車から突き落とします。そんなことより染谷社長、事件当日の出勤状況はどうでしたか？」

「ああ、総務部によると全員出社は間違いないようだ」

「病欠や忌引きなどもなかったんですね？」

「三人ばかり遅刻者がいたが、それも始業から一時間以内には出社していた」

「ではやはり、外部の者がかかわっている可能性が高そうですね」

「それとこれは重要だと思うんだが、圭次が失踪した直後あたりで、奴の銀行口座から現金五〇万円が引き落とされていた」

「五〇万円……それはどうやって確認されたのですか？」

「銀行口座は圭次が子どもの頃にわたしの名義で開設して、キャッシュカードだけをあいつに渡していたんだ。今は会社からの給料もそこに振り込ませている。もう監視するようなことはしていなかったが、今回の件で気になったから使用履歴を確認してみたんだ」

「調べていただいて助かります。しかしそうなると、圭次さんの失踪は金銭トラブルによるものかもしれませんね」

「まったく、どこで何をしているのか……」

「あ、彩音先生……」

助手席から弱々しい声が聞こえる。不知火が軽く振り向いた。

「どうしたハム太郎。終わったのか？」

「いえ、その、気持ち悪くなってきました……」

「知るか馬鹿。車内で細かい字を追いかけているからそうなるんだよ。いいから黙って作業を続けろ」

不知火はぶっきらぼうに返答する。染谷社長もさすがに気の毒そうな顔を見せていた。

「染谷社長、だいたい事情が見えてきました。あとは伊福部さんが言っていた、圭次さんが失踪後に会っていたと思われる黒ジャンパーの男の存在です」

「そうだ。張さんというのは先生の嘘だろ。あれは誰だ？」

「染谷社長が分からなければ、わたしにも分かりません。しかしその男が圭次さんを呼び出したのかもしれません。五〇万円と一緒に」

「圭次が金をせびられていたというのか？　一体どういう関係の奴なんだ？」

染谷社長は自問自答する。不知火は回答せずに口を開いた。

「心当たりがなければ、鶏に聞いてみることにしましょうか」

「鶏に聞く？」

「圭次さんが失踪直前に受け取ったメールですよ。誰から送られてきて、何を伝えていたのか。それが判明すれば全て明らかになるかもしれません」

「しかし携帯電話は圭次が持っているし、電源も入っていないぞ」

「通信会社にバックアップデータがありますので、問い合わせれば確認できるでしょう。ただし簡単にはいきません。身内の者が事情を説明して申請する必要があります。警察を通す方が話は早いでしょう」

「ああ……警察に言って事件を公にしろということか」

染谷社長はシートに深く座り直して溜息をつく。織原との関係に配慮して、警察を使わず探偵に調査を依頼していた。しかし、そう簡単にはいかないようだ。

「わたしもできれば避けたい手ですが、闇雲に捜し回るよりは早くて確実でしょう。奈良県警には知り合いもいますから、非公表にすることも含めて融通が利くはずです。何より四日も姿を見せないとなるとさすがに心配です」

「……分かった。不知火先生、それで進めてくれ」

染谷社長は重々しい声で答えた。

一三

小一時間後に奈良へと到着すると、不知火と柔井は染谷社長と別れてフロイト総研へと戻る。不知火は事務所に入るなりソファの上で横になると、先ほどまでの深刻な会話を忘れたかのように鞄からファッション雑誌を取り出して読み始めた。柔井はふらふらとした足取りで対面に座ると目の前のテーブルにそのまま顔を伏せる。しばらくその状態が続いた後、不知火がおもむろに口を開いた。

「何だよハム太郎。お昼寝の時間かこら」

「……いえ、車に酔ったみたいです」

「目障りだから寝るならよそへ行けよ。それが嫌なら、あのドラ息子を捜してこい」

「え、あ、警察とか、通信会社に依頼するんじゃないんですか？」

「やりたくねぇから言ってんだよ」

　不知火は雑誌から目を離さずに返す。

「そんなとこに頼んで済むなら、うちに依頼する必要がなくなるだろうが。だいたいお前がさっさと見つけてこねぇからこんなことになってんだぞ」

「ごめんなさい……上海に出張に行ってたりしませんか？」

「髪の毛摑んで頭振り回すぞ。真面目に推理しろ」

「それがちょっと、ぼくにはよく分からないんです」

　柔井はようやく顔を上げる。白い額が赤く染まっていた。

「事件当時、圭次さんはメールを受け取って、窓から飛び降りて失踪して、自分の口座から大金を引き出して、黒ジャンパーのいかつい男に会って、どこかへ消えてしまいました」

「そうだよ。それのどこが分からないんだよ」

「圭次さんがおかしな行動を取ったのは、その黒ジャンパーの男の指示だと思うんです。家族や他の社員さんたちに知られないように会社を出て、お金を持って来いとか言われたんだと思います。どうしてそうなったのかは知りませんけど、それなら用事が済んだら帰ってくるんじゃないでしょうか？」

「そんな無茶を言う黒ジャンパーがまともな奴とは思えねぇだろ。金を受け取ってもすんなり帰すつもりはなかったんだよ」

「でも、目的がお金なら、圭次さんの口座からもっとお金を引き出されていると思います。一回だけじゃなくて、何回もやらせると思います。それができなくて誘拐したとしても、染谷夫妻に脅迫電話のひとつでもあると思います。利用もせず、要求も出さず、男の圭次さんを捕まえておく意味が分からないんです」

「じゃあお前の推理が間違ってんだよ」

不知火はあっさりと言った。

「そんな推理が通るなら、圭次さんは実は黒ジャンパーと友達で、五〇万円を持って海外旅行に出かけたと言ってもいいじゃねぇか。何度も金を引き出さなくてもいいし、親を脅迫することもないだろ」

「あ、ほ、本当だ。そうなんでしょうか」

「そんな訳あるか馬鹿」

不知火は自ら言って否定する。その時、事務所の電話がけたたましく鳴り出した。柔井は肩を震わせて振り向き、不知火は見向きもしない。

「あ、彩音先生。電話が鳴っています」

「聞こえているよ。さっさと出ろ」

「ぼくがですか？　ぼく、電話はあまり……」

「電話が切れたらわたしもキレるぞ」

不知火に叱られて、柔井はしぶしぶ電話に出た。

「は、はい。柔井……じゃなくて、フロイト総研の柔井です。はい、どうも、はあ……あの、彩音先生、お電話です」

「誰からだよ」

「あ、そうか。もしもし、ごめんなさい、あなたは誰ですか？」

柔井は電話口で頭を下げる。不知火が軽く舌打ちした。

「彩音先生。ソメヤの営業部長の木端さんからお電話です。急ぎの話だそうです」

「木端さん？　それならお前の仕事じゃねぇか。何の用か聞けよ」

「は、はい。もしもし、あの、彩音先生が何の用かって、ごめんなさい……」

柔井は受話器を両手で握り締める。不知火がもう一度舌打ちした。

「……はあ、そうですか。ええ、分かりました。ではすぐ向かうようにします。ありがとうございました」

ようやく話を聞き終えて柔井はがちゃんと受話器を下ろした。

「つ、疲れた……電話は本当に苦手だ……」

「お前に得意なもんがあるのかよ」

不知火はうんざりしたような顔で言う。

「ていうか、電話応対くらい普通にこなせよ」

「ごめんなさい。分かっているんですけど、こう、いきなり呼び出されると」

「電話なんていつもいきなりだ。それよりハム太郎、お前木端さんと何か約束しただろ」

「あ、そうです。ぼくたちすぐに出て行かないといけません」

「ふざけんな。なに勝手に決めてんだよ」

「だって、彩音先生が電話に出ろって言うから……」

「わたしは行かないからな。お前が約束したんだから、一人で行って一人で仕事して来い」

不知火は長い足を伸ばして柔井に指示する。

「そそそんな、お願いします。彩音先生」

「ヒールを耳の穴に突っ込むぞ。わたしも暇じゃねぇんだよ」

「そ、それはそうですけど、でもその……」

「何だよもう、何の用件だったんだよ」

「それがその、先ほど染谷圭次さんが見つかったそうです」

「はぁ？　何だそれ。結局一人で会社に帰ってきたのか」

「いえ。若草山の奥で、遺体が発見されたそうです」

不知火は大きく足を振ってソファから飛び起きる。脱げたハイヒールが柔井の額を直撃した。

一四

若草山は奈良公園の東に位置する山のひとつであり、公園の背景として写真や絵画でもよく知られている名所である。山とはいえ標高三四二メートルのなだらかなものだが、全体が青々とした芝生に覆われているさまは珍しく、若草の名の由来ともなっていた。ドライブウェイとハイキングコースが設けられており、山頂からは古都の街並みが一望できる。これより奥は鬱蒼と巨木が生い茂る、広大な春日山原始林へと繋がっていた。

染谷圭次の死体が見つかったのはその山頂から原始林へと続く道の入口付近、歩道から外れた暗い森の中だった。不知火と柔井はタクシーを山頂の駐車場に停めて降りる。すでに複数台の警察車両と、ソメヤの営業車が一台停車していた。

「ああ、先生。不知火先生」

こちらに気づいた木端が手を挙げる。不知火はタクシーの支払いを柔井に押しつけると小走りで向かった。

「木端さん、圭次さんが見つかったそうですね」

「ああ……まさかこんな形で発見されるとは思わなかったよ」

木端はそう言って顔をしかめる。

「社長とつや子さんは搬送先の病院へ行った。ぼくは警察への対応でここにいるが、フロイト総研さんにも伝えておこうと思って連絡したんだ」

「ありがとうございます。ひとまず状況を確認してまいります」

不知火はそう言って原始林に入ると、警察が張った立ち入り禁止のテープをくぐって現場へと向かう。一人の警察官が驚いて口を開くが、不知火はそれよりも早く声をかけた。

「ご苦労様です。駒込《こまごめ》刑事」

不知火に呼ばれて、こちらに背を向けていたスーツ姿の男が振り返る。駒込五郎《ごろう》、三八歳。奈良県警の刑事部に所属する警部補である。癖のある髪に太眉。彫りの深い顔をした大柄な男だった。

「おお、なんだ。フロイト総研じゃないか」

鋭い目付きの駒込が太い声を返す。背が高く、体も太い。刑事と知らなければ、いや、知っていたとしても、一般人が避けて通る容姿をしていた。

「こんな所でばったりって訳でもなさそうだな、不知火先生。もう嗅ぎつけたのか？」

「そこまで鼻は利きませんよ。被害者の両親から捜索を依頼されていたんです」

不知火は足下や周囲の木々を見回す。現場は昼間でも薄暗く、地面もじっとりと湿っている。遺体はすでになく、数人の鑑識官が忙《せわ》しなく調査を続けていた。

「被害者は染谷圭次さんで間違いないですか？」

「ああ、さっき病院へ運んで行った。なんだ、警察に捜索願も出さず探偵に相談していたのか。それとも先生が通報するなとでも言ったのか？」

「きのう依頼を請け負ったばかりですよ。現場の写真を見せてください」

不知火は遠慮なく要求する。駒込は近くにいた鑑識官を呼び止めると、彼が肩に下げていた一眼レフカメラを取り上げた。デジタルカメラなので本体の液晶画面で撮影画像を閲覧できる。

「不知火先生よ、分かっているだろうな」

「ええ。これまで調査した内容は、県警きっての敏腕刑事、駒込警部補に全てご提供します」

不知火はカメラを受け取りつつ駒込と握手すると、そのまま一歩近づき手首を返して細い指を絡めた。

「だから、現場の状況も詳しく教えてくださいね」

「……君のそういう態度は一切信用していない」

「信用できない者同士だからこそ、繋ぎ止めておきたくて手を握り合うんですよ」

不知火は怪しく微笑む。駒込は眉間に皺を寄せると、太い指を曲げて彼女の手を握った。


圭次の死体はきょうの朝、山頂付近を散策していた地元の老人によって発見された。暗い原始林内の外れで、死角となった斜面の下で隠れるように倒れていた。死後三、四日経過しており、死因は手で首を絞められたことによる窒息死。さらに体の数か所に暴行の痕も見られた。死体は所持していた社員証から染谷圭次と判明。ソメヤに連絡し、ちょうど織原紡績から戻ったばかりの染谷社長に確認をとった、ということだった。

「圭次さんは四日前の午後から行方不明となっていました。おそらくその後すぐに殺されたんでしょうね」

不知火は液晶画面で圭次の死体を確認する。薄グレーのスーツに紫のネクタイを締めた青年が、黒土の上で仰向けに倒れていた。額に皺ができるほど目を見開き、歯を食い縛った必死の形相だった。

「殺し方から見て、やったのは男だと思う。単独犯か複数犯か、どうしてこんなところで殺されたのかはまだ分からん」

　駒込は先ほどまで死体のあった場所を見つめる。

「それと先生、その写真におかしなところがあるだろ？」

「ええ……死体の周辺に散らばっているのは、お金ですか？」

　不知火は現場全体を写した写真を見る。圭次の死体とその周辺には、茶色の紙幣が落ち葉のように降り積もっていた。

「一万円札だ。どういう訳か何十枚もばら撒かれていた」

「五〇枚、五〇万円だったんじゃないですか？」

「何か知っているのか先生……ああ、彼はいいんだ！」

　駒込は遠くに向かって声を上げる。森の入口あたりで柔井が二人の警察官に止められていた。

「何やってんだあいつ……おい、ハム太郎。こっちへ来い！」

　不知火は不機嫌そうに声を上げる。柔井は黄色いテープをくぐると、体を縮こめておどおどとこちらに足を進めた。駒込が口を開く。

「彼は、相変わらずか？」

「相変わらずです。こらハム太郎。てめぇが捕まってどうすんだよ」

「だ、だって先生、こんな森の中で、殺人事件の現場なんて、恐くて……」

柔井は眼球だけを上に向けて答える。見ないように努めているらしい。

「ビビッてんじゃねぇよ。ちゃんと現場を見ろよ」

「嫌です」

「死体なんてもうとっくに片付けられているよ。お前がもたもたしていたから」

「そうなんですか。良かった……あ、でもこの場所って、さっきまで死体が転がっていたんですよね……」

「訳分かんねぇこと言ってんじゃねぇよ」

不知火は柔井の後頭部を押してうつむかせると、目の前にカメラの液晶画面を差し出した。

「見ろ。圭次さんの死体だ」

「うわぁ！」

柔井は反射的に顔を上げる。不知火は彼の後頭部を叩いて再び頭を下げさせた。

「暴れんじゃねぇよ。よく見ろ」

「やや止めてください先生。死体が、死体がこっちを見てる！」

「うるせぇ。拡大するぞ。そのへたれ目でくまなく観察しろ」

「ひゃあ！　どうしてこんなことをするんですか。せっかく死体を見なくても良くなったのに。あ、彩音先生の趣味は普通じゃありませんよ！」

「こら！　現場を荒らすんじゃない！」

駒込は暴れる柔井の腕を摑む。彼はそのままずるずると地面に寝転がった。

「あ……駒込刑事。お疲れさまです」

「まったく、今どき死体の写真で腰を抜かす奴なんていないぞ」

「ちゃんと見たか？　ハム太郎」

不知火はカメラのストラップを伸ばして液晶画面を柔井に近付ける。彼は土に汚れるのも構わず顔を背けた。

「みみみ見ました。もう充分です」

「何を見て、どう思った？　言ってみろ」

「け、圭次さんは、背後から首を絞められて殺されていました。締め痕から見て指の太い、大人の男性だと思います。殺害位置は死体の足下の方、この辺りから斜面に向かって倒れたんだと思います」

柔井はそう言って自分の右手の先を示す。

「ここ、土がかなり踏み荒らされています。圭次さんと犯人がもみ合いになった跡です。圭次さんの靴底とは違う形の足跡が犯人です。スニーカーでサイズは二八センチ。左右のへこみ具合から見て、少なくとも三回は足を上げて蹴っています。その後、圭次さんを立ったまま絞め上げて窒息死させてから、斜面に突き落としました。それから、お金もこの場所から投げ捨てています。紙幣の広がり具合から見て、叩き付けるような感じで落としています。枚数は四八枚で……あれ、五〇枚じゃなかったんですか？」

「被害者のスーツの内ポケットに財布が入っていたぞ。金額は二万三二〇〇円。一万円札が二枚と千円札が三枚、百円玉が二枚だ」

駒込は柔井を見下ろして言う。

「あ、じゃあその二枚だ。財布も取られていないんだ。あれ、じゃあ何を取ったんだろう」

「何か取られていないと困るのか？」

「死体の、左側に落ちた紙幣の一枚に足跡が付いています。あとスーツの乱れ具合から見て、犯人は一度死体に近付いて服から何かを探っています」

「ない物といえば、被害者は鞄も携帯電話も所持していなかったぞ」

「鞄は最初から持っていないから、携帯電話が取られました。鶏の鳴き声がする奴です」

「鶏？」

「それと、ここに落ちている煙草の吸い殻も犯人の物です」

柔井は踏み荒らされた場所近くに落ちている吸い殻を指差す。土に汚れて木の枝のように茶色く変色していた。

「こんな物が落ちていたのか。どうしてこれが犯人の物だと分かるんだ？」

「犯人の靴の足跡が残っています。縦方向と横方向に重なっていて、吸い殻はそれに挟まれています」

「同じ足跡の間にあるから、圭次さんの物でなければ犯人の物になるってことか」

不知火はハンカチを取り出して吸い殻を丁寧に拾い上げる。そしてそのまま、寝転んでいる柔井の鼻に押しつけた。

「げぇっ」

柔井は鼻を押さえて転げ回る。

「臭《くさ》い！　鼻が、ぼくの鼻が臭い！」

「何の煙草だ？　銘柄は？」

「ち、近付けないで。ええと、セブンスターです。違う、セブンスター・ライトです」

「駒込刑事。警察官の物ではありませんよね？」

「現場でポイ捨てするような奴はおらんよ」

駒込は不知火から吸い殻を受け取ると、そのまま近くの鑑識官に渡した。

「もう嫌だ、探偵なんて汚れ役ばっかりだ……」

「お前が勝手に汚れてんじゃねぇか。他に何か分かったことはあるか?」

「い、いえ。ぼくはもう何も分かりません」

「じゃあハム太郎、推理しろ。てめぇはこの現場をどう見る?」

不知火は伸ばした足を柔井の薄い胸にそっと置く。いつの間にか、現場の警察官たちもこちらに目を向けていた。柔井は小刻みに呼吸を繰り返しながら、不知火を見上げて口を開いた。

「……け、圭次さんが自ら失踪したことと、こんな山中で殺害されていたことを見ても、犯人は無関係な暴漢ではなく、何かしら関係のある知人です。あとお金がばら撒かれていたり、お財布がそのままだったりするから、動機は金銭絡みではありません。むしろ犯人が殺害後にお金を投げ捨てたことから考えると、金銭絡みと思われるのを嫌ったふしがあります。それと、手で首を絞めて殺害したことと、煙草の吸い殻が落ちているところを見ると、計画性のない突発的な犯行です。今どきそこまで証拠を残す犯人はいませんから。つまり、何かに怒って思わず殺して、慌てて携帯電話だけを盗んで立ち去ったんじゃないかと思います」

柔井はそう答えて口を閉じる。駒込は呆れるような、困るような表情を不知火に向けていた。

「相変わらずだな、彼は」

「相変わらずです。それでハム太郎、これからどうするんだ？」

「え？　どうって、後は警察の皆さんにお任せすればいいんじゃないですか？」

柔井は尋ねるように見上げる。不知火はヒールの踵で彼のみぞおちを突いて駒込の方を向いた。

「駒込刑事。わたしたちの調査が終わるまでしばらく待ってください。あすにはまとめてご報告しますから」

「まさか、犯人の目星はもう付いているのか？」

「それはわたしの仕事じゃありません。おら、行くぞハム太郎」

不知火はそう言うなりさっさと現場を後にする。駒込は渋面でその背を見つめる。柔井は腹を押さえて丸くなっていた。

一五

不知火と柔井は木端の車に同乗してソメヤへと向かう。三人が五階の会議室に入って席に着くと、後から企画部課長の糸井も姿を現した。

「社長はまだ帰社していないよ。フロイト総研さんへはまた後日に連絡するから、きょうはもうお引き取りくださいとのことだ」

糸井は溜息混じりの声で伝える。きのうは気楽そうな態度を見せていた彼も、まさか圭次が死体となって発見されるとは思ってもいなかったのだろう。

「このような事態になったのは残念です」

不知火はうつむき加減で静かに言う。隣の柔井は土混じりの小汚い格好のまま、疲れ切ったように頭を下げていた。

「不知火先生。圭次君が失踪当日に殺害されたというのは本当か？」

木端は低い声で質問する。不知火はうなずく。

「そうか……それならフロイト総研さんには何の落ち度もないだろうね。依頼した時点ですでに死んでいたんだから、どうしようもない」

「そう言っていただけると助かります」

「調査費用もきちんと請求すればいいよ。ここから先はもう警察の捜査になるんだろ？」

「当然そうなりますが、わたしたちもこのままでは引き下がれません。探偵としてちゃんと始末をつける必要があります」

不知火はきっぱりと言う。糸井と木端と、柔井までもが目を丸くした。

「始末をつけるって、犯人を見つけ出すってことか？　どうやって？」

「ある程度のことは分かっていますが、もうしばらく調査が必要になります。お二人にもご協力をお願いします」

「それは構わないが、ぼくには皆目、見当もつかないよ」

木端はそう言って糸井を見る。彼も小さく首を傾げた。

「ではわたしの方からお聞きします。ソメヤの男性社員の中で、煙草を吸う方はいますか？　犯人は喫煙者だった可能性が高いようです」

不知火が二人に向かって尋ねる。

「煙草？　いや、覚えはないな。糸井君はどうだ？」

「知りませんね。うちは社長が嫌煙家だから、会社は全面禁煙で喫煙所もないんだよ。一応お客様用の灰皿はあるけど、使っているのは見たことないよ」

「会社の外や、プライベートではどうですか？」

「そこまでは分からないけど、忘年会の場でも見たことないね。木端部長、圭次君とかかわりのあるクライアントさんはどうですか？」

「どうだろうね。そりゃあ何人かはおられるだろうけど、その人が圭次君を殺したとはとても思えない」

「ということは、やはりお二人の知らない人物、会社の関係者以外の人間に犯人の可能性がありますね」

不知火がそう言った後、会議室のドアがノックされる。糸井が返事をすると銀のトレイを持った氷川が現れた。

「失礼します。紅茶をお持ちしました」

氷川は小さく頭を下げてテーブルに向かう。

「あ、ぼ、ぼくがやります」

その時、柔井が申し訳なさそうに立ち上がり氷川のトレイを受け取った。

「ああ、すみません、柔井さん」

「いえ、いいんです。こちらこそありがとうございます」

柔井は矢継ぎ早に言って紅茶カップを並べる。氷川はもう一度頭を下げてから会議室を出て行った。

「……氷川さんもショックだろうな。圭次君が殺されて」

糸井はそうつぶやいてカップに口を付ける。

「何だ？　彼女は圭次君と仲が良かったのか？」

木端が不思議そうに尋ねると、糸井は少し慌てた風にうなずいた。

「ええまあ、そうですね。同期らしいですから。よく知りませんけど」

「ああそう……仲が良かったと言えば、オリボウの娘さんの方が可哀想だな。結婚話もあったというのに」

「あ、そんな話もあったんですか。へえ……」

「まあぼくが心配することではないが。それで不知火先生、他に何か手伝うことはあるか？」

　木端はそう言って不知火を見る。糸井も顔を向ける。しかし不知火は真横に顔を向けて柔井を見つめていた。

「どうした？　不知火先生」

「どういうことだ？　ハム太郎」

　不知火は木端の言葉を無視して柔井に言う。彼は肩を震わせて小さく振り向いた。

「え、あ、何ですか？　彩音先生」

「てめぇ、何の真似だこら。ずっと黙っていると思ったら、何で氷川さんを手伝ったんだ？」

「それはその、何でだろう……」

「何でだろうじゃねぇだろ！」

　不知火は柔井のネクタイを摑んで引っ張る。木端と糸井は思わず身をすくめた。

「言えよこら！　どういうつもりであんなことしたんだよ！」

「ちょっちょっと不知火先生、何事ですか？」

木端が見かねて呼びかける。

「柔井君が氷川の代わりにお茶を運んでくれただけだよね？」

糸井は引きつった笑みを浮かべて言う。

「何か問題でもあったの？　いや、お客様にそんなことさせちゃだめなのは分かるけど……」

「違います。そんな問題じゃありませんよ」

不知火は二人の方を見ずに返す。

「こいつは、柔井公太郎に限ってそれはあり得ないんですよ。彼は道で困っているお婆さんに手を差し伸べる度胸すらない男なんですから。おいこらハム太郎。てめぇ、何か気づいたんだろ？　氷川さんのことか？　だからあの子を助けたんだろ？」

「え、ええと、はい、それはそうなんですけど……」

柔井はグラグラと頭を揺さぶられながら答える。不知火は鼻が付きそうなほど彼に顔を寄せた。

「わたしの目を見ろ、ハム太郎」

「は、はい」

「言えよ。何を思ってあんなことをしたのか？」

「それが、その、さっぱり分かりません」

「てめぇ、脳ミソ搔き混ぜんぞ！」

不知火は力一杯、柔井の額に頭突きをする。彼はそのまま椅子から転げ落ち、後頭部も床にぶつけた。木端と糸井は椅子から腰を浮かせる。不知火はハイヒールの爪先で柔井の額を押した。

「……もう一回聞くぞ。ハム太郎、お前は何だ？」

「ぼ、ぼくは……探偵です」

柔井は涙目で三人を見上げる。

「だからごめんなさい、ぼく、謎が解けちゃいました」

一六

奈良公園の南には鷺池《さぎいけ》という池があり、そこには浮見堂《うきみどう》という檜皮葺《ひわだぶ》きの六角堂が建っていた。大正五年に創建され、平成六年に再建されたこの堂は、公園内においては珍しく神仏とは一切関係のない、観光目的の建物だった。昼は水面に映るさまに風情が漂い、夜はライトアップされた姿が美しい。飾らない奈良の奥ゆかしさが実感できる観光スポットだった。

深夜、ライトアップも終わり人の気配もなくなったこの場所を、一人の女が歩いている。闇に紛れるような黒いシャツに地味なグレーのスカートを身に着けて、足音すらも気にするかのように歩を進めていた。やがて池の畔の腰掛けに一人の男を見つけると、やや足早に駆け寄る。男は黒いジャンパーにジーンズ姿。顔の前に煙草の赤い点が浮かんでいた。

「捜した……メール、読んだよね？」

女は男の前に立って言う。男は何も返さず、ただ浮見堂のシルエットをじっと見つめていた。

「ねぇ、わたしがメールで書いたこと、合っているんだよね？」

「ああ……お前の言う通りだ」

ようやく男は重い声を発する。しかし女の方を見ようともしなかった。

「どうして隠していたの？　何で言ってくれなかったの？」

「伝えたくなかったんだよ」

男は吐き捨てるように言う。

「……お前が悲しむと思ったから」

「隠し通せる訳がないじゃない！」

女は声を荒らげる。

「どうしてあんなことをしたのよ。わたしのこと、どう思っているの？」

「俺だってな、お前のためを思ってやったんだよ」

「わたし、そんなこと頼んでない。殺してくれなんて言ってない」

「まさか死ぬとは思わなかったんだよ！」

「でも殺したんでしょ！　警察にも発見されたのよ。これからどうするのよ！」

「……何とかする。お前に迷惑はかけない」

「できる訳ないよ。このままじゃわたしも……」

「そこから先の話、わたしたちも聞かせてもらっていいかな？」

突然、二人の背後から女の声が響く。振り返ったその先には、不知火と柔井が立っていた。

「し、不知火先生……」

「こんばんは、氷川千雪さん。ごめんね、後をつけて来ちゃった」

不知火は穏やかな笑みを浮かべて近づく。驚愕の表情を見せる女は、経理部の氷川だった。

隣の男が二人の女を交互に見る。

「こいつは誰だ？　千雪」

「……フロイト総研、探偵の先生よ」

「何！」

男はその場に立って身構える。しかし不知火は右手を伸ばしてそれを制した。

「やめておきなさい。今さら何をやっても無駄だから」

不知火の背後から大柄の男がぬっと現れる。

「奈良県警の駒込だ。君たちの家や実家も調べがついている。逃げようなんて思うなよ」

駒込が低い声で脅す。男は両腕をだらりと下ろすと、再び腰掛けに座った。

「氷川正治《まさはる》、千雪さんの五歳上のお兄さんだよね」

不知火は尋ねるが、正治は答えない。

「どうして、分かったんですか……不知火先生」

千雪は気まずそうな声で尋ねる。

「わたし何も話さなかったのに、兄さんのことなんて言わなかったのに」

「それを調査するのが探偵だよ。おら、ハム太郎」

不知火は柔井の手を引いて前に立たせる。

「あ、ど、どうも氷川さん。お兄さんも……」

柔井は黒い地面に向かってぺこぺこと頭を下げる。不知火はその後頭部を一発叩いた。

「犯人に頭下げてどうする。さっさと説明しろ。わたしや駒込刑事にも聞こえるようにな」

不知火は腕を組んで促す。柔井はしばらく沈黙した後、ぼそぼそと話を始めた。

一七

「じ、事件は、四日前に染谷圭次さんが失踪したことから始まります。その日、ソメヤの五階の会議室にいた圭次さんは、他の人たちがいなくなった隙に窓から飛び降りました。そして四階にある営業部のフロアの窓から侵入して、非常口から出て階段を下りて会社を抜け出しました。当時、四階にいた社員さんたちは全員昼食に出ていたので、フロアには誰もいませんでした。圭次さんも同じフロアの社員さんだから、お昼の一二時過ぎから一三時前までは無人になることを知っていました。

それで、どうして圭次さんが会社を抜け出したかというと、その前にあるメールを受け取ったからです。つや子さんが鶏の鳴き声と言っていたのは、圭次さんの携帯電話のメール着信音でした。メールを送ったのは、千雪さんです。内容はたぶん、兄の正治さんが今から会社にやって来るとか、そんなところだと思います。ちなみに正治さんの存在は、染谷社長から見せてもらった千雪さんの履歴書で確認しました」

千雪と正治は、どちらも口を開かずに柔井の方を見つめていた。

「そ、そのメールを見た圭次さんは、染谷社長やつや子さんや千雪さんに見つからないように窓から飛び降りて、会社から抜け出しました。目的は正治さんを会社に入れさせないためでした」

「どうして俺が、千雪の会社に行かなきゃならないんだよ」

正治はぶっきらぼうに声を上げる。柔井は思わず首をすくめた。

「ごめんなさい。ええと、どうして正治さんが会社に来るのか、どうして圭次さんがそれを止めたかったのかというと、それが恋愛問題だったからです。社内の噂によると、圭次さんと千雪さんは恋人同士でした。でも同時に圭次さんは、織原結子さんとも結婚直前までに至っていました。だから圭次さんは千雪さんとの関係を清算しなければいけませんでした。でもそれができない事情が発生していました」

「それは何？」

不知火が尋ねる。

「それは……千雪さんが妊娠していると知ったからです」

柔井は地面に向かって言う。不知火と駒込が代わりに千雪の方を見つめていた。

「千雪さんの手、普段からちゃんとケアしているようなのに、なぜかマニキュアが剝がれて爪も弱っていました。それに体付きはほっそりとしているのに、制服のスカートがかなりきつくなっていました。あときょうのお昼、会議室に紅茶を運んで来てくれたけど、足下がおぼつかなくて酷く辛そうに見えました。だからぼく、無意識の内にお手伝いをしてしまったんです。それらのことを考えると、千雪さんは体調を崩している。今回の事件と絡めて考えると、きっと妊娠初期の不安定な状況じゃないかって考えました」

「千雪さん、彼の言うことは本当？」

不知火が尋ねると千雪は小さくうなずいた。

「まさか、それだけで気づかれるなんて……」

「いえ、それだけじゃなかったんですけど……」

柔井が話を続ける。

「あの、ぼくは、圭次さんと鹿との関係が一番気になっていました」

「どういうこと？」

「圭次さんは奈良のご出身で、鹿とも親しく接していました。ところが最近になって妙に厳しく当たる態度を見せるようになりました。体の大きな鹿に向かって、目障りだと言って石をぶつけたりもしました」

「それに何の関係があるの？」

「石をぶつけられた鹿は、妊娠した雌鹿です。愛護会の人の話によると、今の時期は鹿の出産シーズンだそうです。出産前の鹿はお腹が大きくて気性が荒くなります。それが特に圭次さんにとっては、自分の境遇を見ているように思えて、目障りだったんです」

「あの野郎……」

正治が小声で吐き捨てる。

「あと、事件当日に会社の下にいた鹿も同じく妊娠した雌鹿だったと思います。体が大きくて、群れから離れていて、つや子さんを睨んでいましたから。どうしてそんな所にいたのか、それが圭次さんに石をぶつけられた鹿だったのかどうかは分かりません。ただぼくはそういうところから、事件の動機に妊娠や出産の要素を感じ取っていました」

「へたれなりの第六感か、神鹿のなせる業か」

不知火はつぶやく。柔井はさらに話を続けた。

「圭次さんは千雪さんと別れようとしていました。でも千雪さんが妊娠したので簡単には縁が切れなくなりました。そうこうしている内に千雪さんの兄の正治さんが、圭次さんと話を付けるためにソメヤへ来ることとなりました。圭次さんは千雪さんからのメールでそれを知り、慌てて会社を出て正治さんを止めようとしました。両親の染谷社長とつや子さんに知られたくなかったからです。それで喫茶店で話し合うことになったけど、偶然にも織原紡績の伊福部さんと遭遇してしまいました。だから二人は人気の少ない若草山まで移動しました。それで、それで……」

「それで、話がこじれて正治さんは圭次さんの首を絞めて殺害してしまった」

不知火は話を受け継ぐ。

「でも初めから殺すつもりじゃなかったから、首に付いた絞殺の痕も、地面の足跡も、吸っていた煙草までそのままにしてしまった。辛うじて携帯電話だけは奪って電源を切った。財布やお金を奪わなかったのは、お金が目的で殺した訳じゃないから、そう自分に言い聞かせたかったからだろうね」

「そ、そうです。ぼくもそう思います」

「どう？　正治さん、千雪さん。こいつの推理は当たっていたかな？」

不知火は鋭い視線を向けつつも、あえて気楽な調子で尋ねる。千雪は目を伏せたまま黙っている。正治はゆっくりと腰を上げて口を開いた。

「俺は……染谷圭次にケジメをつけさせたかったんだ」

「ケジメ？」

「あいつが、千雪を傷物《きずもの》にして、妊娠までさせておきながら、どこかの金持ちの娘と結婚するっていうのが許せなかったんだ。だから会社に乗り込んで、あいつの親も巻き込んで責任を取らせるつもりだった」

正治は不知火を睨みつつ煙草に火をつける。

「でもあいつは、千雪の連絡を受けて先に俺の前に現れやがった。それで、俺が会社に怒鳴り込んでもいいが、そうなると会社中に千雪との関係が知られてしまう。千雪のためにも穏便に済ませたいと言ってきやがった。だから俺もその話を受けてやった」

「会社で話し合っていれば、圭次さんも殺されずに済んだかもしれないのに」

不知火が言う。正治はゆっくりと彼女の前まで近づいた。

「殺すつもりはなかったんだよ。事情は聞いていたし、今さら金持ちの娘と別れさせて千雪と結婚させる気もなかった。ただ俺は、千雪に土下座して謝れば許してやるつもりだった。だがあいつは、染谷圭次は謝りもしなかった。自分のやったことは棚に上げて、仕方ないとしか言わなかった。おまけに、俺に金を握らせて済ませようとしやがったんだ」

「それが当日、圭次さんが銀行から下ろした五〇万円か」

「金額なんて知らねぇ！　金を出せばいいんだろっていうあいつの態度が許せなかったんだ。だから俺はあいつを殴って、蹴って、首を絞めて殺したんだ」

正治は口から煙草を吐き捨てる。

「なあ、探偵の先生よ。これでも俺が悪いのかよ！　妹をボロボロにしたあいつに罪はねぇのかよ！　何とか言ってみろよ！」

「はぁ？　知るか馬鹿野郎！」

不知火はそう返して右手を上げると、なぜか隣に立っていた柔井の頬を思いっ切り叩いた。

「ぎゃっ」

柔井はそのまま地面に崩れ落ちる。あまりにも予想外の対応に、正治も呆気に取られた。

「いいかこら、探偵はなぁ、依頼を請け負って、調査して、報告するのが仕事なんだよ。誰が良いとか、誰が悪いとかなんて関係ねぇんだよ。そっから先の話なんてどうでもいいんだ。てめぇの言い訳なんて何の価値もねぇんだよ」

不知火は足を上げて柔井を踏みつける。

「だがな正治、てめぇは間違いなく悪いことをした。馬鹿息子に対してじゃねぇ、千雪さんに対して悪いことをしたんだよ」

「千雪に……」

正治は背後を振り返る。千雪は寂しげな目で兄を見つめていた。

「てめぇのせいで千雪さんは、お腹の中の子どもの父親と、頼りになるお兄ちゃんをいっぺんになくしたんだ。そこは反省しろ」

「ああ……」

「駒込刑事！」

不知火は振り返って駒込を呼ぶ。

「うちの調査は以上です。後はお任せしますよ」

「……分かった、ご苦労さん」

駒込は呆れ顔で了承した。

「千雪さんは妊婦です。くれぐれも丁重に扱ってください。おら、ハム太郎。いつまで寝てんだ。帰るぞ」

不知火はそう言うなり背を向けて歩き出す。柔井は体のあちこちを押さえながらよろよろと立ち上がった。

「ど、どうも……お騒がせしました」

そして、締まらない挨拶をしてから不知火の後を追った。

一八

事件解決から一週間後の午後、フロイト総研のソファにはソメヤの糸井と木端が腰を下ろしていた。不知火と柔井は対面のソファに座り、テーブルの上には分厚い冊子が広げられている。染谷圭次の失踪に関する調査報告書だった。

「以上の内容でよろしければ、受領のサインをお願いします」

「ご苦労様でした」

不知火に言われて木端が書類にサインする。探偵業は実態のない業務だ。ゆえにこういった報告書をもって調査内容を証明するのが常だった。

「染谷社長とつや子さんの様子はどうですか？」

「さすがにまだ立ち直れてはいないようだ。ただ不知火先生には、きょう来られないことを詫びて、ありがとうと伝えて欲しいと言付かっているよ」

「それは恐縮です。氷川千雪さんは？」

「あの子は、たぶん退職するだろうな」

木端は顔を上げて腕を組む。

「……さすがにもう会社にはいられないだろう。できればいい形で去れるようにして欲しいが」

「他人の俺からすると、あの子が一番可哀想な気がするよ」

糸井も残念そうな表情を見せた。

「それにしても、よく事件が解決できたね。あんなことが起きていたなんて、俺にはさっぱり分からなかったよ」

「それを調査するのが探偵の仕事です」

不知火が当然とばかりに答える。

「しかし、氷川さんが怪しいとは気づかなかった。どこが目に留まったんだ？」

木端が尋ねると、糸井が代わりに口を開いた。

「実は俺が、氷川さんと圭次君が付き合っているって教えたんですよ。前々から社内で噂になっていたんです」

「そうなのか。それでぼくが織原結子さんの話を出したから、ははあ、怪しむ訳だ」

「でも氷川さんの兄貴については何も言ってなかったよね。どうしてそこまで疑うことができたの？」

「氷川千雪さんに兄がいることは、彼女の履歴書から確認できました。くわえて事件当日は全社員が出勤していたことと、圭次さんの殺害現場に残されていた煙草から、圭次さんや千雪さんに関係のある外部の人間が犯人だと見当を付けていました」

不知火は順を追って説明した後、隣を見る。

「ただ、ハム太郎はそれ以前から千雪さんの兄を疑っていました」

「柔井君が？　どうやって？」

糸井が尋ねると柔井は、はぁと答えて頭を掻いた。

「えっと、依頼を請け負った最初の日に、氷川千雪さんの案内で営業部のフロアを見に行きました」

「ぼくがいなかった時だな」

木端が返す。

「氷川さんが何か喋ったのか？」

「いいえ、氷川さんはメールを打っていました」

「はっきり喋れよ」

不知火が叱る。

「だからその、氷川さんはお兄さんの正治さん宛にメールを送っていたんです。探偵が来たって。それで、どうしてお兄さんに報告しているのかなって気になっていたんです」

「ああ、そのメールを覗き見したってことか」

「はい、いいえ、指が見えたんです」

「指？」

「氷川さんの指の動きが見えたんです。それが『た』『ん』『て』『い』『が』『き』『た』『。』

『に』『い』『さ』『ん』『を』『さ』『が』『し』『て』『い』『る』『。』って。でもぼくたちは氷川さんのお兄さんなんて知らないし、捜してもいないから、何かおかしいなと思っていました」

「彼は、指の動きだけでメールが読めるの？」

糸井は驚いて不知火を見る。彼女は深くうなずいた。

「ハム太郎だけの能力です。こいつは極度のあがり症で人の顔すらまともに見られません。その代わりに相手の指の動き、足の運びから色々なことを読み取っているんです。大変失礼な能力ですが、探偵をやっているとまれに役立つ時もあります」

「ご、ごめんなさい……」

柔井はうつむいたまま謝る。今も彼は木端や糸井の顔を一度も見ていなかった。

「ま、まあ。今回はそれのおかげで解決できたんだから、いいんじゃないかな」

糸井は取り繕うように笑う。だが不知火は首を振って否定した。

「いえ、今回の調査は失敗ですよ。こいつの動きが遅いからこんな事態になったんです」

「でも先生、圭次君はフロイト総研に相談する前に殺されていたんだよ」

「それは関係ありません。問題は、圭次さんの遺体を警察が先に発見したことです。お陰でわたしは警察から現場の状況を聞くはめになりました。なあハム太郎、分かってんのか？

お前のせいで、わたしは駒込ゴリラと握手させられたんだぞ」

　不知火は柔井を睨む。彼は、ごめんなさいと言って縮こまった。

「ごめんで済ませんじゃねぇよ。引っ込み思案の探偵なんて何の役にも立たねぇんだよ！」

「ま、まあまあ不知火先生。落ち着きましょう」

　木端が見かねて声を上げる。

「柔井君も彼なりに精一杯やっていると思うよ。あんまりきつく叱っちゃ可哀想だ」

「可哀想で許される仕事なんてないですよ。ソメヤさんでは会社に損害を与えても、可哀想で許されるんですか？」

「いや、それはそうだが。何と言うか、不知火先生はちょっと部下の指導が厳しすぎるんじゃないか？」

「部下？」

　不知火は木端に向かって首を傾げる。

「そう。気持ちは分かるけどね、誰もが先生みたいな人じゃないんだよ。ぼくもそれで悩むことも多い。でもあまり責めるとほら、パワハラにもなってしまうよ」

「失礼ですが木端さん、パワーハラスメントがどういうものかご存じですか？」

「ん？　ああ、先生は心理士でもあったね。ぼくも詳しくは知らないけど、こう、上司が部下に対して立場を利用して、必要以上に高圧的に接する、みたいなことじゃないのか？」

「はい、おおむねその通りです。ではこちらをご覧ください」

不知火はテーブルの上にある調査報告書の最終ページを指差した。

「何だい？……以上の調査内容に相違ないことを認めます。フロイト総合研究所所長、柔井公太郎……え？」

木端は驚いて顔を上げる。隣の糸井と顔を見合わせた後、もう一度不知火の方を向いた。

「所長？　柔井君が？」

「所長にして、唯一の探偵です。うちは実質一人ですって言いましたよね？」

「じゃあ君は？　いや、柔井君も彩音先生って言ってなかったか？」

「わたしは『聖エラリイ総合病院』の臨床心理士ですよ」

「あ、彩音先生はその、ぼくのかかりつけの、心の先生です……」

柔井はぼそぼそと説明する。

「ついでに、彼の社会復帰のために探偵助手として相手をしています。だからパワハラなんてとんでもない。これは彼のための訓練です」

「柔井君が探偵で、不知火先生が探偵助手……」

「はい。だから事件を解決するのはこいつの役目です」

不知火は澄まし顔で説明する。木端と糸井は呆気に取られた顔を見せていた。

「こ、こんなへたれでごめんなさい。これからもフロイト総合研究所を、よろしくお願いします……」

柔井は申し訳なさそうにうつむいたまま、テーブルの角に向かって挨拶をした。

第二話　法隆寺に隠された制服

【柔井公太郎の日記】

一一月二八日

今回の事件は、やっぱり請けるべきではありませんでした。

それはぼくのためではなく、他の皆さんのためにそう思いました。

大家さんの月西さんには大変お世話になっているので、その娘の葉香ちゃんの依頼は断れません。

でも、それとこれとは別の問題だったのです。

『制服が盗まれた謎を解いて欲しい』

女子高校で、生徒の制服が盗まれた事件なんて、ぼくがかかわるべきではなかったのです。

そういう事件は、知的で頼りがいのある敏腕女性探偵、つまり彩音先生のような方にお任せすべきだったのです。

もういい歳なのに地味で気弱で頼りない、体も心も貧弱なぼくなんて、一人で迷子犬の捜索や駄菓子屋の店番などをやっておくべきなのです。

間違っても女子高校なぞに足を踏み入れてはいけなかったのです。

皆さん、一〇代の瑞々《みずみず》しい時代を清く正しく美しく、明るく大切に過ごしています。
そんな彼女たちの青春の一ページに、ぼくという汚点を残してしまい申し訳ないと思いました。

【不知火彩音先生よりひとこと】

心配すんな。お前の記憶なんてとっくに消しゴムで消されているよ。

一

法隆寺は奈良県の北西部、生駒郡斑鳩《いかるが》町にある寺院である。

電車ではJR奈良駅から約一〇分のJR法隆寺駅で下車、自動車で行くと同駅からは大回りとなり約三〇分かかる場所にある。田畑が広がり、古い家々が軒を連ねる国道沿いから、ふいにとも思える形で松並木の参道が延びて南大門へと繋がっている。飾り立てずとも威厳を放つ名刹《めいさつ》の風景だった。

観光パンフレットなどでは東大寺や興福寺のある奈良公園とともに法隆寺が紹介されることも多いが、実際には両地は思いのほか離れている。それは法隆寺が飛鳥時代に創建されたものであり、その後の奈良時代に拓かれた奈良公園内の寺社仏閣とは由来が異なるからだ。

通説によると西暦六〇七年、推古《すいこ》天皇と聖徳太子《しょうとくたいし》が亡き用明《ようめい》天皇の遺志を継いで創建したと伝えられている。用明天皇は自らの病気平癒のために寺と仏像を造ることを誓願されたが、実現できないままに崩御となった。そこで第二皇子であった厩戸皇子《うまやどのおうじ》こと聖徳太子は、自らが居住していた斑鳩宮《いかるがのみや》近くのこの地に薬師如来《やくしにょらい》座像を本尊とする法隆寺を造ったということだ。なお推古天皇は用明天皇の妹なので、聖徳太子とは叔母・甥の関係だった。

現在は先の像に加えて釈迦《しゃか》三尊《さんぞん》像と阿弥陀《あみだ》如来座像も本尊とし、聖徳太子を宗祖とする聖《しょう》徳宗《とくしゅう》の総本山となっている。寺内は現存する世界最古の木造建築物群として知られる西院伽藍《さいいんがらん》と、奈良時代に創建された夢殿《ゆめどの》を中心とする東院伽藍《とういんがらん》に分かれており、百済観音《くだらかんのん》と称される観音菩薩《かんのんぼさつ》立像や、飛鳥時代の美術品の最高傑作とされる玉虫厨子《たまむしのずし》など多数の国宝、重要文化財が保存されている。ユネスコの世界遺産にも国内でいち早く登録された文化遺産であり、仏教の枠組みを超えて国際的にも有名な観光地のひとつだった。

西院伽藍のさらに北西、石段を少し登った小高い丘には、西円堂《さいえんどう》という八角円堂が建っている。

奈良時代に創建され鎌倉時代に再建されたというこの堂内には、乾漆像《かんしつぞう》としては日本最大級とされる薬師如来座像が空間を満たすように安置されていた。また堂の外には鐘楼《しょうろう》が設けられており、時刻に合わせて撞かれる鐘の音が法隆寺に風情をもたらしていた。

秋が深みを増す一一月中旬の朝、法隆寺の僧侶常吉《じょうきつ》は静かな足取りで西円堂の石段を登っていた。南大門が開いてしばらく経った午前八時前。参詣客の姿はまだ見えず、石段そばの紅葉だけが燃えるように活気づいていた。

寺は四季折々の表情を見せるが、常吉は秋のこの頃が一番気に入っている。高く澄み渡る空と赤茶色に染まる森林の風景が、モノクロームな寺の佇まいと相まって、何ともしみじみとした情緒を感じさせてくれるからだ。その美しさが最も際立つのはなんと言っても夕暮れだ。秋の夕焼け空を背景にした金堂と五重塔のシルエットを見れば、この法隆寺が一四〇〇年にもわたってこの地に存在する意味も分かるというものだった。

西円堂の薬師如来に手を合わせた後、鐘楼へと足を進める。毎朝変わることなく、常吉はここで八時の鐘を撞くのがならいだった。鐘楼に入り、ちらりと腕時計に目を落として時刻を確認する。いつも通り、黒ずんだ青銅の梵鐘《ぼんしょう》に向かって合掌し頭を下げた。

「ん？」

常吉は普段とは違う状況に気づき小さく声を上げる。鐘の下に何やら黒い布が折りたたまれて置かれていた。よく見ると誰かの服、袈裟や作務衣ではなく洋服らしい。腰を屈《かが》めて持ち上げると質の良い生地の手触りが感じられた。

「女物の服か？」

肩口を持って広げてみると、女物のブレザーだと分かった。寺の者の忘れ物にしては見覚えがなく、観光客の落とし物にしては不自然に思える。それに誤って落としたというよりは、わざわざこの場所に置いたような雰囲気だった。誰かのいたずらだろうか。しかしその意図が読めない。ブレザーの胸元には紅葉のような色合いのワッペンが付いている。常吉はその図柄をじっと見つめた後、はっと思い出して目を丸くさせた。

「何で、鐘の下に女子高校の制服があるんだ？」

二

その日の夕方、常吉がたたえた夕焼け空の広がる時刻。三条通わきにある探偵事務所『フロイト総合研究所』にノックの音が響いた。事務所には所長であり探偵の柔井公太郎が一人で席に着き、じっと書籍に目を落としている。背表紙には『よくわかる！　新入社員のためのビジネスマナー読本』とタイトルが付いていた。

もう一度、事務所の外からドアがノックされる。それでも柔井は返事もせずに読書に耽《ふけ》っていた。いや、その指先はページをめくらず、視線もまったく動いてはいない。彼はノックの音に対して、まるで居留守を使うかのように気配を消していた。やがて三度、四度とノックが繰り返される。五度目が聞こえたところで、ようやくドアに顔を向けて口を開いた。

「あ、は、はい。どなたでしょうか？」

「あれ？　いるじゃないですか。葉香でーす」

ドアの向こうから明るい声が聞こえる。このビルのオーナーであり、一階で『喫茶ムーンウエスト』を営む店長の一人娘、高校一年生の月西葉香だった。

「ちょっとお話があって来たんですけど、入ってもいいですかー？」

「よ、葉香ちゃん？　いや、今はその、彩音先生がいないから……」

柔井は手元の本を開けたり閉めたりしながら答える。

「別にいいですよ。お邪魔しまーす」

葉香は遠慮なくドアを開けて事務所に入る。はねた茶髪に大きな目をした活発そうな少女だった。柔井は慌てて席を立つ。

「い、いらっしゃい。どうしたのいきなり」

「それよりハムちゃん、事務所にいるなら返事しましょうよ。いないのかと思っちゃった」

「い、今ちょうど、手が離せなくて……」

「手が離せなくても返事はできるじゃないですか。居留守なんてしたらまた彩音先生に叱られちゃいますよ」

「ち、違うよ。その……どうぞおかけになってください」

「もう座ってますってば」

葉香はコートを脱いでソファに腰を下ろしている。中は制服、黒のブレザーにセーラー襟のついたブラウス。首元にはやや大きめの赤いリボンが付いている。下は紺色を基調としたチェック柄のスカートだった。柔井はいつもと変わらない鼠色のスーツにストライプのネクタイを身に着けている。向かいに座ると猫背を丸めてうつむいた。

「いきなりごめんね、ハムちゃん。お仕事忙しかったですか？」

「いや、別に。そんなこともないけど」

「手が離せなかったのに？」

「そ、それよりもどうしたの？　先生に何か用事でも？」

「そうなんですよ！」

葉香はテーブルに手を突いて身を乗り出す。

「実はきょう、すっごい事件に遭遇しちゃったんです！」

「へぇ……」

「へぇって、相変わらずやる気ないっすねー」

葉香は体を戻してソファにもたれる。柔井と比べるとひとつひとつの動作が大きかった。

「もうちょっと乗ってくれないと、こっちも話しにくいんですけど」

「う、うん。ごめん……」

「あと何でわたしの足ばっかり見てるんですか？　ハムちゃんってそういう趣味なんですか？」

「え？　い、いや、そういう訳じゃないけど」

柔井は戸惑いつつ顔を上げる。葉香がにこりと微笑むと再び顔を落とした。

「ぼくは、その、人の顔を見るのが苦手だから……」

「苦手って、ハムちゃん、探偵さんなんでしょ？　この事務所の所長さんなんでしょ？」

「い、一応……」

「でも彩音先生の顔ならしっかり見てるじゃないですか。何で？　綺麗だから？　あ、それってひどくないですか？」

「ち、違うよ。そ、そういうことじゃないよ」

柔井は震えるように頭を振る。

「……ぼ、ぼくは、葉香ちゃんも可愛いと思うから」

「何言ってんですか？」

「だからその、彩音先生は慣れているからまだ気にならないというか、見ないと叱られるから……」

「ふうん……ハムちゃんって、ビョーキ持ちなんですか？」

葉香は柔井の頭頂部に向かって遠慮なく尋ねる。

「びょっ、病気じゃないよ。先生も違うって言ってる。ただちょっと心が弱いというか、その、人とのコミュニケーションが苦手というか」

「ああ……うちのクラスにもいますよ、そういう子。口下手でいつもオドオドしてて、ちょっと心配なんですけど」

「そう、そういう人、でもないかもしれないけど」

　柔井はなぜか、はぁはぁと息を乱している。

「……とにかくこんな風に、一対一で話すのはまだ慣れないんだよ」

「初対面でもないのに。ハムちゃんは大人だし、男だし、探偵さんじゃないですか。もっとシャキッとしないと様にならないっていうか、はっきり言って格好悪いですよ」

「うん……それは先生からもよく言われている。お前は魚みたいな顔をしているって」

「見た目の話じゃなくって。だいたい、何でそんなハムちゃんが探偵さんをやっているんですか？」

「それはその、色々と事情があって……ごめん」

　その時、事務所のドアが開いて探偵助手の不知火彩音がやって来た。髪を後ろで束ねて、フレームの赤い眼鏡を掛けた知性的な顔立ちの女だ。

「お疲れさま。あら、葉香ちゃん」

「お疲れさまです。彩音先生」

　葉香は振り向いて目を細める。

「あ、彩音先生。良かったー」

柔井もようやく顔を上げる。不知火は不思議そうに葉香と柔井を見比べた。

「良かったって、何の話？」

「はい。彩音先生にご相談があって来たんです。探偵の依頼です」

葉香は両手を膝において、ぐっと見上げる。もちろん不知火は動じることなく、ただ興味深げに口角を持ち上げた。

「なになに、珍しいね。どうしたの？　あ、ハム太郎から聞けばいい？」

「いいえ。ハムちゃんにはまだ一切何も話していません」

葉香は首を振って否定する。不知火は縮こまった柔井を呆れた顔で見下ろした。

三

不知火は上着を脱いでバッグを置くと柔井の隣に腰を下ろす。襟の高い白シャツに黒いレザーのスカート、膝上まである黒いブーツを身に着けている。長身でスタイルも良く、動作の全てが様になっていた。

「彩音先生もお仕事帰りですか？　その格好で？」

葉香が見とれるような目で尋ねる。

「もちろん。だからちゃんと襟付きを着てるでしょ」

不知火はシャツの襟を摘んでおどける。彼女の本職は臨床心理士だ。奈良市の隣の生駒市にある『聖エラリイ総合病院』に勤務していた。

「ハム太郎、きょうの仕事は？　お前は一日何をしていたんだ？」

「え、ええと……きょうはその、依頼もなかったから、先生に言われた通り本を読んでいました、はい」

柔井は叱られた子どものような顔で答える。不知火は冷たい視線を向け続けている。

「本当になかったんだろうな？　またビビッて居留守を使ったり、電話を取らなかったりしたんじゃねぇのか？」

「そ、そんなことありません。誰も来なかったし、留守番電話もありません。きょうは本当に、まったく何も仕事がなかったんです」

「なかったんですじゃねぇだろ。なけりゃ探して取ってこいよこのへたれ」

不知火はブーツの踵で柔井の臑を蹴る。柔井は軽く呻き声を上げてから、ごめんなさいとつぶやいた。

「それで葉香ちゃん。探偵の依頼って何？」

「はい。実はきょう、思わぬ大事件に遭遇しちゃったんです。それで、ぜひ彩音先生の力をお借りしたくてここへ来ました」

葉香は再びテーブルに手を突いて身を乗り出す。不知火は楽しそうにうなずいて話を促した。

「なんと先生、『法隆寺の八不思議』が起きたんです！」

「八不思議？　何それ？」

「えっと、『法隆寺の七不思議』はご存じですか？」

「ううん。知らない。法隆寺って奈良にあるお寺だよね。そこの七不思議？　おい、ハム太郎。お前は知ってんのか？」

不知火は横目で柔井を見る。

「は、はい。ええと、法隆寺で昔から伝わっている言い伝えに、そういうのがあると聞いたことがあります。たしか、伽藍には蜘蛛が巣を張らないとか、五重塔の屋根の上には鎌が付けられているとか、あとは……」

「さすが奈良っ子ハムちゃん。そうです。法隆寺には七つの不思議な謎があるんです」

葉香は容赦なく柔井の話を止める。

「そこにきょう、新しく八つ目の謎が加わったんです」

「それはすごいね。どういうの？」

「なんと法隆寺の鐘の下に、わたしの制服が落ちていたんです！」

葉香は真剣な目差しで言う。不知火は瞬きを繰り返していた。

「それは……七不思議に匹敵する謎なの？」

「えー。だっておかしいじゃないですか。何でわたしの制服がそんなところにあるんですか？」

「ちょっと待って葉香ちゃん。初めから順を追って説明してくれるかな」

不知火は苦笑いを見せつつ葉香に頼んだ。

月西葉香は、法隆寺の近くにある私立楓愛《ふうあい》女子高校に通学する一年生だ。成績は中の上で、素行は軽く染めた茶髪を地毛だと言い張る程度。背は高くないがバスケットボール部に所属しており、一年生ながらレギュラーに選ばれることもある実力者だった。

二日前の月曜日。その日も葉香は放課後の部活動を終えると、体育館から隣接する部室棟へと戻った。時刻は午後六時前。日はすでに落ち辺りは暗くなっていたが、同じ部員たちや他のクラブの部員たちもおり校内はまだ賑わっていた。部室でユニフォームから制服に着替えて、皆と一緒に学校を出るのが習慣となっている。ところがその際、ロッカーからブレザーだけがなくなっていることに気づいた。狭いロッカーの中を何度も見返し、部室の中も捜してみたが見つからない。ブレザーは胸元の裏地にネームが刺繍されているので、他の部員たちが間違って着ているはずもなかった。おかしな状況だがなくなっていることに変わりはない。時刻も遅くなるので、結局は納得できないままに帰宅するしかなかった。

翌日も部室はもちろん、教室から体育館まで捜し回ったが、消えたブレザーは一向に見つからなかった。ところがさらに翌日のきょう水曜日になってから、意外な所で発見されることとなった。部室で紛失したはずのブレザーが、なぜか法隆寺の鐘の下に落ちていたというのだ。発見したのは寺の僧侶。見覚えのある形と胸元のワッペンから楓愛女子高校の制服と気づいて学校に連絡が入ったという。そして刺繍のネームから葉香のものと判明し、職員室で担任教師から返却されることとなった。

「彩音先生、どうですか。不思議でしょ。法隆寺の八不思議ですよ」

葉香は興奮した面持ちで説明を終える。不知火は片手で顎を支えてソファにもたれた。

「それはたしかに不思議だね。見つかったブレザーは無事だったの？」

「はい。この通り、傷も汚れもありませんでした」

葉香は身に着けているブレザーの両袖を摘んで腕を広げる。

「じゃあ、誰かに盗まれたんじゃないの？」

「どうしてわたしの制服が盗まれるんですか？　それにどうして盗んだ制服が法隆寺に捨て

られていたんですか？」

「それは分からないけどさ。でもまあ、見つかったんだからいいじゃない」

「えー、でも気になるじゃないですか。それにわたし、そんな訳の分かんないことで担任の先生に叱られたんですよ」

「先生からは何て言われたの？　事情は説明したんだよね？」

「説明しましたけど、わたしが分からないんだから先生にも分かりませんでした。まあ、今後気をつけなさいって、どうしようもないことしか言われませんでした」

葉香はわざとらしく頰を膨らませる。

「だからフロイト総研さんにお願いしたいんです。彩音先生、この謎を解いてください！」

「そうだねえ」

不知火は笑顔を見せつつも眉を寄せる。あまり気乗りのしない表情だった。

「……葉香ちゃんの気持ちは分かるけどさ、うちも遊びじゃないんだよ」

「でも彩音先生、前にここは遊びみたいなもんだって言ってたじゃないですか」

「それはわたしの仕事スタンスの話。そもそも未成年者の依頼なんて請け負えないよ。マスターには相談した？」

「してません。お父さんなんかに言ったら絶対、彩音先生のご迷惑になるから止めろって言うに決まってますから」

「迷惑なんて言わないけどね。でもうちは探偵が仕事だからさ、ただで動く訳にもいかないんだよ」

「……探偵さんの料金って高いんですか？」

「新品の制服を買った方がよっぽど安いだろうね」

不知火は苦笑いを見せる。ただし探偵業はケースバイケースであり、料金に定価など存在しない。ゆえに彼女の返答には諦めさせる意味も含まれていた。葉香は少し迷う素振りを見せてから、あらためて口を開いた。

「それじゃあ彩音先生、安くしてください」

「大胆な値切り交渉だね。嫌いじゃないよ。でもだめ」

「そこを何とか、同ビルのよしみで。ここってうちのビルなんですよね？」

「ここは葉香ちゃんのビルじゃなくて、マスターのビルでしょ。お父さんにも相談しないあなたがそんなこと言っちゃだめ」

「むぅー」

「……それに、そこまで言うのなら、お願いする相手は助手のわたしじゃないよね？」

不知火は目線だけを隣に向ける。葉香もそれに気づいて顔を向けた。

「ハムちゃん！　お願い、わたしの制服の謎を解いて！」

「え、ええ？」

　これまで他人事のような顔をしていた柔井は、急に話を振られて戸惑う。目線を忙しなく葉香と不知火の方に行き来させるが、どちらも何も言わなかった。

「いや、でもその、うちも遊びじゃないから……」

「ハムちゃんだっていつもうちのコーヒーを飲んでいるじゃないですか。うちだって遊びじゃないんですよ」

「そ、それはちゃんとお金を払っているから。月末にまとめて」

「でも二階まで届けるのはサービスですよ。わたし毎回階段を上っているんですよ。足が太くなったらどうしてくれるんですか」

「それは……どうしましょう、彩音先生」

「知るか。お前の事務所なんだから、お前が決めろよ」

　不知火の態度は素っ気ない。

「嫌なら断ればいいだろ」

「こ、断るなんて、そんな……」

「じゃあやれよ。でも高校生から正規の探偵料は取れねぇぞ。マスターにでも請求するつもりか？」

「お父さんはだめです！」

葉香は柔井に向かって首を振る。

「お金ならわたしが支払います。バイトでもして、後払いになっても払います」

「ええ？　そんな、葉香ちゃんからお金なんて取れないよ」

「じゃあ何が問題なんですか？」

「問題っていうか……そう、未成年の高校生からの依頼は、その、請け負えないから……」

柔井はそう言いながら自信なさげにうつむく。葉香はテーブルに顎を付けてその顔を覗き込んだ。

「ハムちゃん、誰がそんなルールを決めたんですか？」

「それはまあ、ぼくだけど……」

「未成年の高校生じゃなくって、わたしです。探偵じゃなくって、ハムちゃんです。わたしがハムちゃんにお願いしているんです。ハムちゃんはわたしのお願いごとも聞いてくれないんですか？」

「そ、そんなことないけど……じゃあ、うん。一応、やってみるよ」

「やったぁ！　ありがとうございます！」

　葉香はぱっと顔を上げると柔井の手を取って握手する。

「ああ……」

「うわっ、手べったべたですね。じゃああしたの放課後、法隆寺の前で待ち合わせしましょう。その後うちの学校にも来て調査してください」

「あ、彩音先生、どうしましょう」

　柔井は弱々しい目で不知火を見る。不知火は見下すような目を向けていた。

「どうしようも何もあるか馬鹿。葉香ちゃんの頼みなんだから、四の五の言わずに引き受けろよ」

「あ、はい、ごめんなさい……」

「死んだ魚みたいな顔してんじゃねぇよ。寺でも学校でも、さっさと行って、さっさと解決してこい」

「あの、ぼく一人でですか？」

「なにビビッてんだよ。みんなお前より年下の高校生じゃねぇか」

「そ、そうですけど……そうですよね」

「よろしくお願いしまーす。ちなみにうち女子高校なんで！　舐《な》めてかかるとひどい目に遭いますよ」

葉香は柔井に向かって笑顔を見せる。柔井は不知火に向かってぶんぶんと首を振っていた。

四

歴史ある寺社仏閣には出所不明な伝説が語られることが多い。神話、寓話《ぐうわ》、口伝《くでん》、不思議。いつどこで、誰が言ったかは知らないが、時代を超えて伝承される物語。真偽のほども定かではなく、明らかに事実ではないものもあるだろう。だがそれは時に親近感を与え、また時に神聖さの裏付けともなり、対象物の存在価値を高めることにも繋がっていた。法隆寺の七不思議もまた、そのような形で自然発生した伝説だった。


1・法隆寺内は神聖なので、蜘蛛は巣を張らず、雀もフンをかけない。

2・南大門の前には鯛石《たいいし》という床石があり、洪水になってもそれより水位は上がらず寺まで浸水しない。

3・五重塔の屋根の上には、雷よけの鎌がささっている。

4・寺内には地中に埋めた宝の蔵、伏蔵《ふくぞう》が三か所存在する。

5・寺内の池に住む蛙には片目がない。聖徳太子の学問を邪魔したために筆で片目を潰されたから。
6・夢殿にある礼盤《らいばん》（僧侶が座る台）の下は常に湿っている。
7・雨が屋根から流れ落ちても、その下の地面には穴があかない。

いつの頃からか語られるようになったが、法隆寺がそれを定めたこともなければ存在を認めたこともない。有名な『諏訪大社《すわたいしゃ》七不思議』や怪談で知られる『本所《ほんじょ》七不思議』にならったものと思われるが、個々の伝説についてはそれ以前から語られていたものだろう。そもそも不思議という言葉自体も、人知の遠く及ばないことを意味する仏教用語の『不可思議《ふかしぎ》』に由来している。寺社仏閣そのものが神仏という神秘的な存在を奉る場所であるのだから、周辺にミステリアスな話が生まれるのも、それこそ不思議ではなかった。

月西葉香がフロイト総研に調査を依頼した翌日の午後、不知火と柔井は法隆寺の南大門前で彼女の到着を待っていた。平日の午後は観光客も少なく、周辺には一組の老夫婦と欧米人旅行者らしき数人の姿しか見えない。やがて修学旅行中の中学生らしき団体が賑やかな声とともに現れると、行列を成して参道を進み寺内へと流れ込んでいった。
「ふうん、それが法隆寺の七不思議か」

　不知火は旅行者たちをぼんやりと眺めながら言う。今しがた柔井から一通りの説明を聞き終えたところだった。柔井はそばの石階段に座ったまま小刻みにうなずいていた。

「それでハム太郎、それって一体どういう意味なんだ？」

「え？　意味？」

「七不思議の答えだよ。そんな話、何か理由があるから伝えられているんだろ。お前はどう思っているんだよ」

「そ、それはその、不思議だなぁって……」

「不思議で済んだら探偵はいらねぇんだよ。目の前に謎があったら、調査して推理して解き明かすんだよ。お前ちょっと頭丸めて寺に入れ。自分の存在意義を見直してこい」

　不知火はたたみかけるように言い放つ。柔井は両手で頭を抱えてうつむいた。

「だからええと、一つ目の、お寺の中に蜘蛛が巣を張らないっていうのは、その……」

「ぼそぼそ喋んな。早速お経の練習か？」

「ひ、一つ目のお寺に蜘蛛が巣を張らないとか、雀がフンをかけないというのは、常識的には考えられません。だから、それだけ清浄であるというたとえ話と、お寺の方々が美化清掃に努めている意味で伝えられているんだと思います」

　柔井は地面を見つめながら話し始める。

「二つ目の、南大門の前にある鯛石という床石は、実際に存在します。でも鯛に見えるというのは後付けの設定で、あれは南大門の正面に置いた目印か、昔の人が沓《くつ》を脱ぐ場所だったように見えます。洪水になってもそれより水位が上がらないのもこの石のおかげではなくて、この土地の水はけの良さを示していると思います。

三つ目の、五重塔の屋根の上に鎌がささっている、というのも事実です。雷よけというのもそうかもしれません。昔はどこの寺でも五重塔が一番背の高い建物だったから、雷とそれによる火災の被害を恐れていました。陰陽五行《いんようごぎょう》でいうと雷は木気《もくき》にあたるので、鎌の金気《きんき》で克《か》つというのは正しい判断です。併せて『稲妻《いなずま》』に対する『鎌』ということで、豊作祈願もあったかと思います。

四つ目の伏蔵がある、というのも事実です。寺の中に謎の囲いがあります。地面の下に宝の蔵があるかどうかは調査されていないので分かりません。

五つ目の、池の蛙に片目がないというのは、その蛙が住んでいた因可池《よるかのいけ》がもう存在しないので分かりません。一匹だけでなく全部が片目というのは考えにくいですが、あるいはその池だけ遺伝的な奇形として数が多かったのかもしれません。聖徳太子が目を潰したというのも、そんな風に片目の蛙が多くいた上での創作だったとも考えられます。

六つ目の、夢殿の礼盤の下が湿っている、というのは、ここで二月に行われる『夢殿のお水取《みずと》り』が由来となっていると思います。礼盤を裏返して、その湿気の量で豊作か凶作かを占っています。湿気が多いと豊作になるから、それを願う意味でも伝えられているのかもしれません。

　七つ目の、雨が屋根から流れ落ちても、その下の地面には穴があかないというのはあり得ません。雨が落ちているならごくわずかでも浸食はあるはずです。でも日々その場所の砂利をきちんと整えていれば目立たなくなります。それと南大門の鯛石と同じく、この土地の水はけの良さもあると思います。

　災害が少なくて地盤がしっかりしているというのは、古代ではそれだけで神仏に守られた神聖な土地と見られていたはずです。だから法隆寺はこの場所にあり、海がなく山に囲まれた奈良にも都があったんだと思います」

　柔井は七不思議の全てを語り終えると、おもむろに顔を上げる。不知火はいつの間にか到着していた葉香とともに南大門をくぐって寺内に入っていた。

「あ、あの、先生……」

「おいハム太郎。そろそろ行くぞ。いつまでも座っててんじゃねぇよ」

　不知火は腰に手をあてて呼び、隣の葉香が笑顔で手を振っている。柔井は慌てて立ち上がると、つまずきながら二人の後を追いかけた。

葉香が事前に担任教師から確認を取ったところ、ブレザーを発見したのは法隆寺の常吉という僧侶であることが分かった。そこで不知火が寺務所を通じて彼を呼び出すと、揃って発見現場であった西円堂の鐘楼を訪れた。

「制服はきのうの朝、この梵鐘の下でわたしが見つけました」

常吉は穏やかな口調で話す。剃髪の頭に凹凸の少ない顔。どことなく卵を思わせる、物腰の柔らかな中年男性だった。

「おつとめの鐘撞きに来たら見なれない物があったので、何かと思って拾い上げました。広げてみたら形と胸のワッペンから楓愛女子高校さんの制服だと分かったので、学校に連絡しました」

「おかげで無事にわたしの下に帰ってきました。本当にありがとうございました」

葉香は丁寧に礼を言って頭を下げる。常吉も笑顔でうなずいた。

「しかし葉香ちゃんも、どうして自分の制服がここにあったのかは分からないそうです。それで顔馴染みのわたしたちに相談があって、本日お伺いしました」

不知火が続けて事情を伝える。常吉が身構えないように探偵であることは隠しておいた。

「鐘撞きに来た際に発見されたそうですが、それは何時頃のことですか？」

「午前八時です。この梵鐘は時刻通りに撞きますので間違いありません」

「すると一般の方は撞いてはいけないんですね」

「はい。ですからこのように囲いを設けております」

鐘楼の周囲には金属の柱が立てられチェーンが渡されている。くわえて『立入禁止』の看板も付けられていた。

「しかしこの程度なら入ろうと思えば入れますし、制服を捨てて行こうと思えばできますね」

「皆さんには鐘楼も見ていただきたいですから、誤って撞かないようにお断りしているだけです。それと制服のことですが、わたしには捨てた落ちたというよりも、置いたという風に見えました。きちんと折り畳んで、ちょうど鐘の真下にありました」

「捨てたのではなく、置いた。でもこんな場所に」

「はい。それは不思議ではありますが」

「やっぱり、法隆寺にはそんな不思議なことが起きるんですか？」

葉香はやや興奮気味に尋ねる。常吉は小さく首を振って否定した。

「おいハム太郎、お前から質問はねぇのかよ。何のために七不思議で探偵の練習したんだ？」

不知火は振り返って柔井を見る。柔井はあちこちに目を泳がせながら小さく口を開いた。

「えっとその、法隆寺の鐘って、これのことでしょうか？」

「何言ってんだお前」

「だからその、歌にある……」

「ああ、『柿くへば鐘が鳴るなり法隆寺』のことでしょうか」

常吉が代わりに言う。柔井はがくがくとうなずいた。

「正岡子規《まさおかしき》の俳句ですね。子規が実際に法隆寺を訪れたかどうかは定かではないそうですが、ここへ来られる方はこの梵鐘を見てそう思われる方も多いようです」

「へぇ、やっぱりそうなんだ……」

柔井はあらためて鐘楼の鐘を見つめる。鐘楼は西院伽藍と東院伽藍にもあるが、現在はどちらも普段は撞かれていない。法隆寺への訪問者が耳にする鐘の音はここ西円堂の鐘だけだった。

「それがどうした。観光気分か、こら」

不知火が冷たい目差しで柔井を叱る。

「い、いえ、有名な鐘だから観光客も多いだろうし、その、制服を置く間なんてあったのかなと思って」

柔井はしどろもどろになって話す。

「そういえば、見つけてもらったのはきのうの朝ですけど、置いていったのはいつなんでしょうか？」

　葉香が不知火に向かって尋ねる。

「葉香ちゃんの制服がなくなったのは月曜日の夕方だったよね。そして常吉さんがここで見つけたのが水曜日の朝ですね。じゃあここに置かれたのは、火曜日かな？」

「わたしが覚えている限りでは、火曜日にはありませんでした」

　常吉が答える。

「この梵鐘は法隆寺に時を告げるために鳴らされます。毎日必ず朝の八時、一〇時、一二時、昼の二時、四時に撞いています。火曜日の四時の時点ではありませんでした」

「するとそれ以降になりますね。法隆寺は何時まで開いているんですか？」

「この時期の拝観時間は午後四時半までです。だから遅くとも五時半には門を閉めます」

「ハム太郎の言う通り観光客の目を盗んで制服を置くとなると、いっそ夜中の方がやりやすいか……こっそり侵入はできますか？」

「寺は本来、常に開放されているものです。とはいえ今のご時世、貴重な文化財の盗難やいたずらの破損も後を絶ちません。特に夜間の警備は厳重にしているつもりです」

「心苦しいところでしょうね」

不知火は同意するようにうなずく。寺は塀に囲まれており門を閉めればおいそれと侵入はできない。だが古い建物ではセキュリティにも限界がある。絶対に不可能と断言することはできないだろう。

「あ、朝は何時に開くんでしょうか？」

柔井は不知火に向かって尋ねるが、もちろん彼女が知るはずもない。

「朝は午前八時から拝観できます。門は七時過ぎには開けていますね」

常吉が代わりに答える。柔井はうつむいたまま、ご苦労様ですとつぶやいた。

「何だよハム太郎。早起きしてまで法隆寺に来て、鐘の下に葉香ちゃんの制服を置いていくのか？」

「はぁ、お、おかしな人もいるもんですね」

「誰がだよ。犯人か？　お前か？」

不知火がそう返すと柔井は再びうつむいた。

五

法隆寺ではそれ以上の話は聞けず、不知火と柔井は葉香の案内で彼女の通う私立楓愛女子高校へと足を運んだ。場所は法隆寺から南へ向かい、ＪＲ法隆寺駅を越えた先。カエデの並木と赤レンガの塀に囲まれた西洋風の学校だった。葉香は校門前の門衛所で話を通してから不知火と柔井を校内に入れる。二人をいとこの姉弟《してい》として、保護者見学の名目で門衛の許可を得た。

「ぬるいセキュリティだね」

不知火は門衛所を離れてからつぶやく。下校途中の生徒が珍しそうに彼女を見ていた。

「そんなことないですよ。わたしが前もって担任の先生に許可を取っていたから入れてくれたんですよ」

葉香は得意気な顔で返す。秘密の作戦を実行している気でいるらしい。

「本当は親兄弟、姉妹に限るんですけど、うちはお母さんがいないからある程度は認めてもらえるんです。それにわたし、成績もいいですから」

「さすが、しっかりしてるね」

不知火はちらりと背後を窺う。柔井はなぜかまだ校門の外で立ち止まっていた。

「おいハム太郎、じゃなくて公太郎！　何やってんだ。早く入ってこい」

「え？　だってここ女子高校だから、男のぼくは入れないんじゃ……」

「さっき許可が出ただろうが！　お前はいちいち面倒臭いな」

不知火はうんざりした顔を見せる。葉香は慌てて駆け戻り柔井の手首を摑んだ。

「ちょっと、こんなところで怪しい真似しないでよ、公太郎お兄ちゃん」

「あ、ああ、すまんぞよ、葉香や」

「そんな口調のお兄ちゃんはいません！」

「あ、なんか今、空気が変わった。学校に入った途端にすごい敵意が」

「どんなバリアですか。さあ！」

葉香は柔井を引きずって歩く。不知火はブーツの踵で石畳を何度も蹴っていた。


楓愛女子高校には講堂としても使われる大きな第一体育館と、それよりは小さな第二体育館が隣接しており、そのそばにはクリーム色の外壁を持った横長の部室棟が建っていた。等間隔に並んだ五つのアルミドアの部屋は体育館を使用するクラブ用の部室として、向かって左側からバレーボール部、バスケットボール部、バドミントン部、卓球部、新体操部に割り当てられていた。葉香がバスケ部のドアを開けて中を覗くと、三人の女子生徒が雑談している姿が見えた。

「お疲れー、お待たせしましたー」

「あ、お帰り葉香と……本当に連れて来たんだ」

短髪で目鼻立ちのはっきりした女子生徒が返事する。他の二人も、おーっと声を上げた。

「彩音先生、同じ部員の人たちです。わたしと同じ一年生の大庭美智《おおばみち》ちゃんと市側遊子《いちがわゆうこ》ちゃん。それと二年生でマネージャーの河東梨華《かとうりか》先輩です。調査のために呼んでおきました。みんな、こちらがうちの名探偵、不知火彩音先生です。あとこっちはハムちゃん」

葉香が全員を簡単に紹介する。女子生徒三人は立ち上がって不知火に駆け寄った。

「すごーい。わたし本物の探偵さんって初めて見ました！」

先ほどの女子生徒、大庭美智がさらに目を大きくさせる。

「格好いいー。女の人なんだー」

丸顔で大柄な市側遊子も続く。

「まあどうぞ、入ってください。葉香の家と同じビルに入っているんですよね」

すっきりとした顔に眼鏡をかけた河東梨華が不知火を迎え入れた。

「葉香ちゃん、いきなり設定ばらしていいの？　わたしたち、いとこじゃなかったの？」

不知火は呆れ顔で尋ねる。

「この人たちなら平気ですよ。みんな、彩音先生たちは一応わたしの親族ってことにしてるから、よろしくね」

葉香は手を挙げて宣言する。三人も心得たとばかりにうなずいた。

「あれー、そっちの人も探偵さんですかー？」

市側はドアの向こうに立つ柔井に向かって呼びかける。

「あ、はい……ええと、わたくしフロイト総合研究所から参りました、柔井と申します」

柔井はかしこまった態度で答える。『よくわかる！　新入社員のためのビジネスマナー読本』通りの言葉だった。

「わぁ、この人も格好いいー。ハムちゃんっていうんですか？　どうぞどうぞ、入ってください」

「彩音先生の助手の方ですか？　クールですねー」

大庭と河東は柔井の両手を引っ張る。柔井はうつむいてもごもごと言っていた。

「……珍しい、ハム太郎がモテてる。女子高校だから？　みんな飢えてんの？」

不知火が目を丸くする。

「いやいや、外見だけなら充分イケますよ、ハムちゃんは」

葉香は楽しそうに返した。

「草食系っていうか、ネガティブ系男子ですよね。喋って動いたらだめだめですけど」

「マネキンにでもなった方がいいんじゃねぇか、あいつ」

「あ、あの、ぼくは入らなくてもいいから……」

柔井は女子生徒たちの勧めに抵抗を見せる。

「え？　どうしてですか？　事件を解決してくれるんでしょ？」

「いや、でも、ぼくはちょっと、こういうところは苦手で……」

「何がですか？　あ、もしかして照れてるんですか？　かわいー」

「て、照れているんじゃなくて、その、部室が……」

「部室がどうかしたんですか？」

「どうって……えと、汗臭くてほこりっぽくて、息苦しくなるから」

柔井はそう言うなりゲホゲホと咳き込む。女子たちは笑顔を止めると、手を離して軽く退いた。

「……おい、ハム太郎。部室なんだから、ある程度はしょうがねぇだろうがよ」

不知火は呆れ顔で叱る。柔井は口元を押さえながら何度もうなずいていた。

「ま、まあ、そうだよね。みんな練習頑張ってるしね」

河東は乾いた笑い声とともに返す。

「ちょっと換気しますねー」

市側は背後の窓へと向かう。

「葉香ー、調査するならさっさとやろうよー。練習もあるしー」

大庭は間延びした声でぼやく。葉香は苦笑いを見せていた。

六

部室は全体的に縦長の造りとなっており、正面のドアから部屋全体を見渡せる一間が広がっていた。中央には背もたれのない長椅子が置かれ、左の壁面にはロッカーが並び、右の壁面には長机やホワイトボード、備品類が集められている。正面奥の壁面には本やディスクを並べた棚とＤＶＤデッキ付きのテレビが置かれ、磨りガラスの窓が設けられていた。乱雑ながらも殺風景で少し湿っぽい空間。なぜか部屋の隅に何十本と溜め込んだ制汗スプレーの空き缶だけが、辛うじて女子高校らしさを漂わせていた。

三日前に葉香のブレザーがなくなったのはこの部室のロッカーだった。アルミ製の正方形型で、縦に三段、横に一五列並んでおり、ドアは付いているが鍵はかけていなかった。部室の入口側から二列目の二段目、白いネームプレートには『月西葉香』という名前と、小さなウサギの顔が描かれていた。

「このロッカーの中からブレザーだけがなくなっていたんです」

葉香は自分のロッカーを開けつつ隣の不知火に説明する。長椅子には大庭と市側と河東と、なぜか柔井も座ってその様子を見つめていた。

「でもお財布やケータイもそのままで、他の物は全てありました。だから余計に不思議なんです」

「ロッカーに鍵はかけていないんだね。みんなが体育館で練習している隙に、誰かが入って盗むこともできたのかな？」

「いえ、練習に出る前に部室の入口に鍵をかけます。鍵はマネージャーの河東先輩が管理されていますよね？」

「うん。部室の開け閉めはわたしがやっています」

眼鏡の河東が手を挙げる。

「三日前もみんなが出た後に閉めて、練習が終わってから開けました」

「誰かに貸したりはしなかった？　たとえば一人だけ怪我をしたとか、用事があって部室に戻ったとか」

「あの日はそういうこともなかったです」

「じゃあみんながいる間に、同じ部員の誰かが隙を窺って取ったとか？」

「えー、なかったと思いますよ」

今度は大庭が手を挙げる。

「わたし、葉香の隣のロッカーを使っていますけど、特に誰かが近付いたこともありませんでした」

「それに、葉香ちゃんのブレザーがなくなった時も大騒ぎになってみんなで捜しました」

市側も二人にならって手を挙げる。

「二年生の先輩もロッカーと鞄を開けて捜してくれたし、怪しい人もいなかったと思います。ていうか、そんないたずらをする人なんていないと思います」

葉香たちも揃ってうなずく。不知火は顎に軽く指をかけた。

「つまりみんなは、同じバスケ部員の仕業じゃないって思っているんだね。でもドアにも鍵がかかっていたんだから、外部の人も入れなかったんでしょ？」

「針金か何かで開けたんじゃないかな？　泥棒だし」大庭が言う。

「そんなのできるの？　それに、開けている途中で誰かに見つかるでしょ」葉香が返す。

「他の部室の鍵で開かないのかなぁ」市側が言う。

「それじゃ鍵の意味がないよ。同じ鍵なら顧問も持っているけど」河東が返す。

「あ、じゃあ顧問が取ったんじゃない？」大庭が言う。

「なんで顧問が、わたしのブレザーだけを取るの？」葉香が返す。

「葉香ちゃんって顧問のお気に入りだよね。だから取ったんじゃないかなぁ」市側が言う。

「えー、恐いこと言わないでよ、遊子」葉香が返す。

「顧問って男なの？」不知火が尋ねる。

「女ですよ」葉香が答える。

「彩音先生、そんなの分かんないですよ。男とか女とか」大庭が言う。

「彩音先生も格好いいから女の人に好かれませんかぁ？」市側が続く。

「そういえば、あっちの窓は閉まっていたのかな？」

　不知火は二人の話を遮って部室の奥を指差す。換気のために少し開けた磨りガラスの窓。半月状のクレセント錠が鍵になっている。皆の視線もそちらに集まっていた。

「ああ……閉めませんよね？　あの窓」

　葉香が河東に尋ねる。

「うん。窓は閉めるけど鍵はかけないよね。開けても目の前に学校の塀があるから気にしたこともなかった。前のマネージャーの頃からの習慣だよ」

「でも塀との間も通ろうとすれば通れますよね」

「通れるだろうね……しかもかなり目立たずに」

「すごーい、さすが探偵さん」

　大庭と市側は不知火に向かって拍手する。葉香と河東もうなずいて推理を認めた。しかし不知火はその程度の発見で喜ぶことはない。窓から目線を下げると、ハンカチで口を押さえて長椅子に座る柔井が目に入った。

「おいハム太郎、お前はいつまでベンチを温めてんだ」

「え？　あ、はい……」

　柔井は顔を上げて慌てて立ち上がった。

「えと、ぼくも、犯人は窓から入ったと思います」

「ちゃんと考えて喋ってんだろうな」

「は、はい。さっき市側さんが窓を開けていましたけど、その時からすでに鍵は開いたままでした。だからあそこから入れそうだなって思って」

「先に言えよ。お前は最後になってから偉そうに種明かしする名探偵か」

「ごめんなさい……でもその、窓から入ったとしたら、入口付近にある葉香ちゃんのロッカーは一番奥になります。他の人の制服もあったはずなのに、それを放っておいて葉香ちゃんのブレザーだけが盗まれたのはどうしてだろうなと思って」

「葉香ちゃんのブレザーだけをターゲットにした理由か。みんな何か思いつくかな？」

「葉香の特徴って何だろ？」

　河東が不知火の質問を受けて大庭と市側に尋ねる。二人は顔を見合わせた。

「えー、何だろ。可愛いよね」

「ちっちゃいよね」

「そんなことないよ。みんながでっかいんだよ」

葉香が頰を膨らませる。彼女は身長一六〇センチと平均的ではあるが、バスケ部員の中では小柄な方になる。この場にいる三人の中でも最も背が低かった。なお不知火は身長一七〇センチだが、踵の高いブーツを履いて堂々としているのでそれ以上に大きく見える。一方の柔井は身長一七三センチのはずだが、猫背で常にうつむき加減なので相当小さく見えた。

「彩音先生、わたし思うんですけど、犯人って学校の外からやって来たんじゃないでしょうか？」

河東が眼鏡を整えて顔を上げる。

「葉香って別に校内でいじめられているようでもないし、嫌がらせにしてもブレザーだけ盗むっていうのもよく分かりません。だから、外から来た変質者が部室に入って、ちっちゃくて可愛い葉香のブレザーを盗んでいったんじゃないですか？」

「せ、先輩、恐いですよ、それ……」

葉香が思わず顔をしかめる。不知火は肯定も否定もせずにうなずいた。

「外部の人間が許可なくこの学校に入ることってできるのかな？　校門前には門衛さんがい

たよね」

「でも先生、あの門衛さんってあんまり役に立ってませんよ」

大庭が否定する。

「悪い人が来たら止めるでしょうけど、うまいこと言いくるめたら侵入できそう。前に三年生がカレシを連れて来て大騒ぎになってました」

「まあ、わたしたちもきょう、嘘をついて入ったからね」

「あと、暗い夕方とかだったら学校の塀を乗り越えて入れたりもすると思うなぁ」

市側が天井を見上げつつ言う。

「男で背が高くて、バスケとかやってたら塀にも届くよ絶対」

「でも男が盗んでどうすんの？　まさか着られないよね」

葉香が首を傾げる。大庭はそれに対して首を振った。

「変質者って言ってんじゃん。においを嗅ぐんだよ。葉香ちゃんスーハースーハーって。そうですよね、ハムちゃん」

「な、何でぼくに……」

「まあ、においが好きな人もいるけどね。髪とか制服とか下着とか。それこそ女子のバッシュ、バスケットシューズのにおいがたまらないとか」

不知火は冷静な口調で言う。女子四人が悲鳴を上げた。

「うそー、なんでなんで？　気持ち悪い。そうなんですかハムちゃん」

大庭に問われて柔井は慌てて首を振った。

「いや、ぼ、ぼくはそういうのはまったくだめだから」

「えー、すぐに否定するなんて怪しくないですかー？」

「ほ、本当にだめなんだ。そんな服とか靴とかなんて、皮脂と汚れとほこりだらけで、雑菌の繁殖もすごいから」

「雑菌って……」

「うん、そう。だからその、普段洗わない制服のブレザーなんてもう、目に見えない雑菌とにおいで大変なことになっている。それを想像するだけで、ぼくにはとても近付けないよ」

「……ハムちゃんって、ときどき本気で殴ってやろうかと思う」

葉香が淡々とした口調で返す。柔井は驚き手をばたばた振った。

「え？　いや、葉香ちゃんが汚れているってことじゃないよ。というか人間誰しもそういうものだから、じゃなくて、やっぱり彩音先生が言う通りブレザーだけを盗むのは変で、窓が開いていたとしたらその……」

「落ち着けよハム太郎。ゆっくり喋らないと気持ち悪いぞ」

不知火は手を伸ばすとパニックになった柔井のネクタイを引っ張った。

「……最初から言い直せ。何が言いたいんだ、お前は」

「ごめんなさい……だからその、部室の窓って開いていたんでしょうか？」

「どこまで話を戻してんだよ。開いてたって言ってただろ」

不知火は柔井のネクタイを上に引き上げる。柔井は顎を上げてぐっと声を漏らした。

「だから出入口が閉まっていても入れた。同じ部員じゃなくて、外部から変質者が入ったかもしれない。その話はもう終わったんだよ」

「いえ、はい、その話は聞きました。バ、バスケ部の部室の窓は開いています。でもその、他の部室でもそうなんでしょうか……」

「他の部室？」

その時、入口のドアをノックする音が部室内に響いた。

「すみませーん、バレー部の鳥打《とりうち》ですけどー」

「麻理《まり》？　どうしたのー。開いてるよー」

河東が声を上げると、ドアが開いて新たな生徒が姿を現した。前髪を上げて額を見せた小柄な女子だった。

「お邪魔します。バレー部の鳥打麻理です。ここに探偵さんが来てるって聞いたんですけど……」

　鳥打は部室内の者たちを見回して、見なれない不知火と柔井の姿に目を留める。

「探偵さん、ですか？」

「うん。そうだけど、何かな？」

　不知火は親しみを込めた微笑みを返す。ネクタイを引かれた柔井の顔が不気味に鬱血していた。

「えっと、なんか一年の子のブレザーが盗まれたとか聞いたんですけど……あの、大丈夫ですか、そっちの人」

「あ、彩音先生、ハムちゃんが死んじゃいます」

　葉香が慌てて不知火を止める。ネクタイを離すと柔井は膝から崩れ落ちた。

「そうなんですよ、鳥打先輩。でもきのう戻って来たんです。なぜか法隆寺にあったんですけど」

「あ、返って来たんだ。なんで法隆寺に？」

「分かりません。それで彩音先生に調べてもらっているんです。それで、先輩はどうかしたんですか？」

「うん。それが探偵さん、わたしのブラウスも盗まれたみたいなんです」

「え？」

バスケ部の女子たちが声を上げる。不知火は笑顔を止めて腕を組んだ。

七

鳥打麻理はバレー部の二年生で、河東梨華のクラスメイトでもある。ポジションはリベロでレギュラーにも含まれる巧者《こうしゃ》だった。彼女のブラウスが盗まれたのは先週の金曜日。葉香と同じように練習が終わって部室に戻ってみるとなくなっていたとのことだった。

「考えにくいけど、誰かが間違えて着て帰ったのかなと思ってさ。おかげでその日はジャージで帰ったんだよ」

鳥打は皆にそう説明した。

「酷いね。ブラウスの着替えはまだあるの？」

河東が尋ねる。ブラウスも学校指定の物らしく、青いラインが入ったセーラー襟に加えて、胸元には校章が刺繍されていた。

「今着ているのと、もう一着あるよ。でも足りないから購買で買わないといけなくて」

「最低。あれってやたら高いんだよね」

「先週の金曜日ってことは、わたしのブレザーが盗まれた日よりさらに前ですね。何か関係あるんでしょうか」

葉香は不知火に尋ねる。不知火は鳥打に質問した。

「鳥打さん、バレー部も部室の窓の鍵って開けっ放しなのかな？」

「窓の鍵？　あー、はい、開いてますよ、たしか」

鳥打はバスケ部の開いた窓を見る。

「そっか、そこから入って取られたのか。でも何のために？」

「先輩先輩、変質者がにおいを嗅ぐために盗んだんですよ」

「あ、先輩もちっちゃくて可愛いから、きっとそうですよ」

大庭と市側が笑みを浮かべて言う。鳥打は露骨に嫌そうな顔になった。柔井はネクタイを外して再びベンチに腰を下ろしている。不知火はそのネクタイを拾い上げた。

「よし、じゃあみんなもちょっと探偵になってくれるかな」

「探偵？」

女子生徒たちの顔がにわかに明るくなる。不知火はネクタイをもてあそびながらうなずいた。

「この際だからさ、他の部室の状況も聞いてみようと思うの。でもわたしが動くと目立つからみんなに調査をお願いできるかな。知りたいことは、最近、制服を紛失した人はいないか、それと部室の窓の鍵が開けっ放しか。手分けしてやればすぐに分かるよね」

「分かりました。美智、遊子、行こ」

葉香が一年生二人に言う。大庭と市側もうなずくと、三人で部室を出た。

「わたしたちも行こう。麻理、協力してくれるよね？」

二年生の河東が言う。鳥打は、あいよと返して二人も部室を出た。不知火は彼女たちを送り出すと、二つ折りにしたネクタイを力一杯振って柔井の頬をはじき飛ばした。彼はそのままベンチの上に倒れた。

「お前もそろそろ探偵になれよ、ハム太郎」

「ごめんなさい……役立たずで」

柔井はもう立ち上がろうともしなかった。

　葉香たちの聞き込みはすぐに成果が得られた。五つの部室は全て窓に鍵をかける習慣がなく、その気になれば誰でも侵入は可能だと分かった。そもそも塀に囲まれた女子高校内の、片隅に設けられた体育系クラブの部室ということで、これまで窃盗の被害などを受けたこともなく、部員たちの防犯意識も極めて薄かった。

そして新たに制服を紛失していた者も現れた。しかもそれはバドミントン部、卓球部、新体操部から一人ずつ。葉香と鳥打を含めると五つのクラブから五人の被害者が確認されることとなった。

「彩音先生、何だかとんでもないことになってきましたよ」

依頼者の葉香ですら事件の大きさに戸惑っている。バスケ部の部室には新たに三人の被害者が集まっていた。不知火もさすがに驚くが取り乱すことはない。柔井は床に座って壁にもたれていた。

被害者の一人、バドミントン部二年生の羽田阿美《はねだあみ》は、胸元に付けるリボンを盗まれていた。ウルフカットの勝ち気そうな女子。消えた状況も葉香と変わらず、放課後のクラブ活動の後、部室へ戻りロッカーを開けると消えていたということだった。

「先週の月曜日になくしました。小さい物だからどこかに落としたのかと思ってたけど、盗まれたんですか？　でも、なんでリボンだけ？」

「おかしいよね。今付けているのは、新しく買ったの？」

不知火は羽田の胸元に触れて新品のリボンをそっと摘む。赤地に白いラインの入ったデザインは珍しい物ではないが、これも制服用の特注品のようだ。

「仕方ないから、翌日に購買で買い直しました。お金もないのに、もう最悪ですよ」

羽田は目の前の不知火に照れて頬をわずかに赤らめる。不知火は慰めるように少女の頭を優しく撫でた。他の女子生徒たちが目を輝かしてその様子を見つめていた。

卓球部一年生の品本砂代《しなもとさよ》は、スカートを盗まれていた。おかっぱ頭で色白の女子は、皆の注目を浴びて少し緊張気味に口を開いた。

「わ、わたしは先週の水曜日に、なくしました。どこにいったのかは分かりません。その日はジャージのまま家に帰って、今穿いているスカートは買い直しました」

「スカートがなくなっていたら大変じゃない。親や先生には相談した？」

「いえ、まだしていません……ごめんなさい」

品本は不知火に向かって頭を下げる。ひどく内気な性格らしく、大騒ぎして捜し回ったり、誰かに助けを求めたりするのは苦手のようだ。常にうつむき加減の態度は柔井によく似ている。だが、もちろん彼の場合とは違い、周囲の者たちの目は同情的だった。

新体操部一年生の床島倫子《とこしまりんこ》は、葉香と同じくブレザーを盗まれていた。ポニーテール頭をした丸顔の女子。姿勢がよく、凛とした表情を見せていた。

「ちょうどきのう見当たらなくなったばかりです。きょうも空き時間やクラブ活動の前に捜してみたのですが、どこにもなくて困っていました」

「きのうも事件が起きていたんだ。しかもわたしと同じブレザーが盗まれたなんて」

葉香は驚き声を上げる。床島は細い眉を寄せてうなずいた。不知火が口を開く。

「床島さんも心当たりはないんだね。盗まれた状況も同じだと」

「はい……あ、心当たりはありませんが、おかしなことはありました。ブレザーはなくなっていたのですが、ポケットに入れておいたハンカチはロッカーに残っていました」

「あら、そうなんだ。ハンカチはいらないってことなのかな……どうしたの？　品本さん」

「あの、わたしも、スカートのポケットに入れていたお財布は残っていました」

品本はおずおずと答える。制服以外の物はいらない、財布すら盗まないという徹底ぶりがさらに事件の奇妙さを示していた。

「みんな揃って、制服の一部だけが盗まれるなんて変ですね。やっぱり欲張りな変質者の仕業でしょうか？」

葉香は不知火に尋ねるが、彼女は肯定も否定もしなかった。

「盗まれた内容を整理すると、先週の月曜日に羽田さんのリボン、水曜日に品本さんのスカート、金曜日に鳥打さんのブラウス、今週の月曜日に葉香ちゃんのブレザー、水曜日に床島さんのブレザーが盗まれたんだね。そして同じく水曜日に、葉香ちゃんのブレザーが法隆寺で見つかった。だいたい二日おきに何か起きているんだね」

「そうなると、わたしのブレザーだけが法隆寺に落ちていたのも不思議ですね。犯人に何か意図があるんでしょうか？」

「おい、ハム太郎」

　不知火は振り返って柔井を呼ぶ。床に座ったままの柔井は戸惑うような表情を見せていた。女子生徒たちの中から、ハム太郎？　とつぶやく声が聞こえる。

「お前、まだこの子たちに聞きたいことはあるか？」

「え？　はぁ、ええと……」

　柔井は皆の視線を避けながら目をぐるぐる回す。

「いえ、別に……」

「じゃあ事件を推理して動機と犯人を言え」

「そ、それは……」

「さあ早く言え、今すぐ言え」

「……その、どうして皆さん、スカートの長さが違うんでしょうか？」

「何の話だよ馬鹿」

「いやだから、葉香ちゃんや羽田さんはスカートの裾が膝より上にあるのに、品本さんや床島さんは裾が膝より下にあります。その他の人もまちまちで、何だか統一されていないように見えるんです」

「ハムちゃん、本当に女の子の足が好きなの？」

葉香が呆れたような声を上げる。柔井はぶんぶんと首を振った。

「ち、違うよ。あの、スカートの長さが違うというのは、買う時に選べるものなのか、それとも葉香ちゃんたちの足が成長して長くなったのか、ぼくは穿かないからどうなんだろうって思って……」

「その推理、完全に間違っていますよ」

葉香は座っている柔井に近付くと、ブレザーの裾をまくってスカートの腰回りを見せた。

「いいですか。学校の規定だとスカートの丈は膝下で決まっているんです。で、わたしや羽田先輩はこんな風に、腰のところで折り返して裾を短くしているんですよ。サイズでいうと、たぶん羽田先輩と品本さんと床島さんはほぼ同じです。わたしはちょっと背が高いからそれよりも大きめで、美智や遊子はもっと大きいです。成長したから短くなった訳じゃないですよ」

「へ、へぇ、そうなんだ。でも何で短くするの？」

「だってその方が可愛いし、足も長く見えるじゃん。彩音先生みたいにスタイル良くないから、みんな涙ぐましい努力をしてんですよ」

「はぁ……ご苦労様です」

柔井はぺこりと頭を下げる。不知火は長い足を伸ばすと、ブーツの爪先を彼の顎に引っかけて強引に顔を上げさせた。

「うぐっ」

「ご苦労様じゃねぇだろ。誰が乙女の秘密を推理しろって言ったんだ」

「ごめんなさい……」

柔井は上擦った声を上げる。部室の女子生徒たちはきゃあきゃあ騒ぎ、その内どこからかカメラのシャッター音が聞こえた。

「人の足ばっかり見やがって。窃盗事件はどうなったんだ」

「は、はい、その……やっぱり床島さんのブレザーは、盗み直したんだと思います」

「もっと分かるように言え。立てよ、ほら」

不知火はそのまま足を持ち上げていく。柔井は慌てて床から立ち上がった。

「つ、つまり、葉香ちゃんは、サイズを間違えられたんです」

「何が！　説明になってねぇだろ！」

「ぬ、盗まれた人は全部で五人いますけど、その中で葉香ちゃんだけが他の四人と比べて背が高いです。鳥打さん、羽田さん、品本さん、床島さんはほぼ同じ身長で、体格もよく似ていると思います」

柔井の説明を聞いて女子たちは互いを見比べる。鳥打は高身長の多いバレーボール部員だが、リベロのためか背はあまり高くない。床島は高く上げたポニーテールに背筋もよく伸びているので少し高く見えるが、実質的な身長は他の三人と同じくらいだった。

「葉香ちゃんが小さいというのは、背の高いバスケ部の中だから相対的にそう見えるだけです。それは窃盗犯の目にもそう見えてしまったようです。それで、盗んで持ち帰ってよく見たら、他の人の制服よりもサイズが大きいことが分かりました。だから新たに床島さんのブレザーを盗み直したんだと思います」

「盗んだ制服のサイズを合わせて、犯人は何がしたいんだ」

「そ、それはたぶん、制服を揃えたかったんだと思います」

柔井は天井を凝視しながら言う。

「皆さんが盗まれた制服の部位はバラバラですけど、重複はしていません。羽田さんのリボン、品本さんのスカート、鳥打さんのブラウス、床島さんのブレザー。それら全てを合わせると、楓愛女子高校の制服が、サイズも統一された完成品が一着できあがります。それが犯人の目的だったと思うんです」

女子生徒たちから、おおーという歓声が聞こえる。だが不知火の険しい顔は変わらなかった。

「その割には無駄の多い行動じゃねぇか。二週間もかけて、二日おきに一部分ずつ盗むなんて面倒だろ。だったら誰かの制服を丸ごとごっそり盗めばいいじゃねぇか」

「でもそんなことをしたら、盗んだってばれてしまいます。時間をかけて盗む相手も分けたのは、きっとこれが窃盗だと分からないようにするためです。わざわざ部室に侵入してロッカーを開けておきながら、リボン一個やブラウス一枚しか盗まない。他は何も手を付けられていないとなると、盗まれたとは思われにくくなります。現に皆さんも、単になくしたものとしか思っていませんでした。確実に窃盗事件だというのは、他のクラブの人たちが集まってからようやく分かったことです」

「じゃあそうだとしたら、犯人がそこまでして盗んだ理由はなんだ？」

「それは……変質者が一着欲しかったんでしょうか」

「それこそ一度に盗めばいいだろ。校内に五回も侵入する方がリスキーだぞ。おまけにサイズの違う葉香ちゃんのブレザーは捨てるって、どんだけこだわってんだよ」

「じゃ、じゃあ、古着屋にでも売ってお金にしたんでしょうか。あ、それで学校にも気づかれず、盗んだ物だと思われないように、一揃いの一着だけにしたとか」

「売る？　こんなの売れませんよ」

葉香が横から否定する。柔井は肩を震わせた。

「だ、だめかな。皆さんの話だと、高い物みたいだったけど……」

「それはそうですけど、制服ですよ。生徒以外が着るもんじゃないですよ。それに服って新品はやたらと高いですけど、古着屋さんじゃ大して高く買ってくれませんよ」

「そうなんだ。ぼく、そういうのよく分からないから。じゃあ何だろう……」

「いや、売ったのかもしれないいな」

不知火は思いついたように声を上げる。柔井と葉香と、女子生徒たちが注目した。

「……高く売れる店、マニア向けの制服ショップに持ち込んだんじゃないか？」

八

不知火が携帯電話のインターネットで検索したところによると、制服ショップは関西に数店あり、楓愛女子高校から最も近いところでは大阪の難波《なんば》に一店あることが分かった。不知火と柔井と葉香は校内での調査を一旦終えると、ＪＲ法隆寺駅から大阪方面の電車に乗り込む。ＪＲ難波駅へは直通で四〇分ほどの距離だった。

「本当に、制服ショップに売るためにわたしたちの制服を盗んだんでしょうか？」

葉香は隣に座る不知火に尋ねる。今の時間は彼女もバスケ部の練習があったが、事件を依頼した責任として同行することにした。

「……でも、何だかずいぶん面倒なことをしているような気がしませんか？　たった二週間で校内に五回も侵入するなんて」

「それで成果が制服一着じゃ割に合わないよね。ハム太郎が言ったように、窃盗だと知られないようにするためなのは分かるけど。何か他に理由があったのかな」

不知火は葉香に向かって返す。単純に売り目的の窃盗にしては危険すぎる。そもそも金銭を得るために制服を盗むという発想も強引に思えた。葉香がなおも話しかける。

「さっきみんなから聞いたんですけど、卓球部の品本さんって、クラスでちょっといじめられているそうです。だからスカートを盗まれてもあまり強く言えなかったみたいです」

「いじめ、か。でも葉香ちゃんはそのことを知らなかったんだね。品本さんとも友達じゃなかったみたいだけど」

「はい。卓球部のおとなしい子なのは知ってましたけど、話をしたのはさっきが初めてです。いじめている子たちも知りません。床島さんも知らないそうですし、鳥打先輩と羽田先輩も全然かかわりがないようです」

「それじゃあ関係ない気がするね。いじめにせよ、いたずらにせよ、普通は勝てる相手か怒られない相手にしかやらないだろうからね。無関係な葉香ちゃんたちを巻き込む根性なんてないよ」

「わたしもそう思います。ただ、まさか変質者じゃなくてうちの生徒が犯人とか？　いや、だけど、何で？」

「さあ、それはもうちょっと調査してみないと分からないかな」

「ハムちゃん、ハムちゃん。どうですか？　何か分かりますか？」

葉香は不知火の隣の柔井に声をかけるが、柔井は青白い顔で首を振った。不知火は顔を向けずに口を開く。

「葉香ちゃん、今はだめだよ。こいつ電車に酔ってやがるから」

「ああ、もうこの人は……」

葉香は溜息をついて口を閉じた。


難波は大阪のほぼ中央に位置する町であり、いわゆる『ミナミ』と称される一帯に含まれる繁華街である。電車はＪＲに加えて三線の私鉄と、同じく三線の市営地下鉄が交わる一大ターミナルであり、地上も地下も昼夜を問わず人に溢れているのが日常だった。近辺には百貨店の髙島屋が店を開き、吉本興業や松竹が劇場を構え、たこ焼き店やお好み焼き店が乱立している。グリコの巨大看板や、かに道楽の動くカニ看板で有名な道頓堀《どうとんぼり》があるのもこの町だった。

難波の西には電気屋街として有名な日本橋《にっぽんばし》がある。古くは電子部品や音響機材、カメラ用品などを扱う店舗が軒を連ね、近年ではパソコンやその周辺機器、ソフトウェアも充実させている。さらに今では漫画やアニメ、ゲームなどでも盛り上がるサブカルチャーの発信基地となっていた。

不知火が見つけた制服ショップはその難波と日本橋の間、雑多な大阪文化がひしめく路地裏に建つ、小さなビルの三階に店を構えていた。薄暗い廊下には『ＡＮＧＥＬ《エンジェル》』という立て看板が置かれており、開けっ放しのドアの向こうは暖簾《のれん》で目隠しされている。周囲に人の姿もなく、自分たちの足音と、ビルの外から聞こえる雑踏の音だけがかすかに響いていた。

「お、お邪魔します……」

暖簾をくぐり、柔井が一人で入店する。狭苦しい店内はハンガーラックと陳列棚で区分けされており、アパレル関係のセレクトショップに似たレイアウトとなっていた。ただ、そこに吊るされている服は明らかに中学校や高校の女子制服や体操服であり、どう見ても長年にわたって着続けたであろう古着だ。他にも世間一般の店では見かけないビデオ映像のディスクや雑誌が並び、用途不明の道具や中身の見えないポリ袋などが棚に並べられていた。

店内には三名の男性客がおり、入口正面のカウンターでは中年の男性店員が一人で椅子に腰かけてパソコンの画面を見つめている。店のルールなのか、客の柔井に対して挨拶もなければ関心を持つ素振りも見せなかった。

「あ、あのう、すみません……」

柔井の方からカウンターに近付いて声をかける。男は顔を上げると、はいいらっしゃいと、意外と気さくな態度で反応した。白髪まじりの癖毛に太眉、銀縁眼鏡をかけている。グレーのスウェットを着た姿は、ごく一般的な休日の中年男のように見えた。

「ちょっと、その、制服を探しているんですけど、ふ、楓愛女子高校の制服ってありますか？」

「楓愛女子高校って奈良の？　ああ……あそこはないね」

男はあまり時間をかけずに答えると、手元に置いたブルーのファイルを開いた。

「楓愛女子高校が好きなの？」

「え？　好きっていうか、探していて……」

「でも今はないんだよね。その代わり、奈良だったら雛川《ひながわ》女子高校のがあるけど、どう？」

「あ、いえ、それは……」

「まあ思い入れがあるなら無理に薦めないけど、こっちもいい制服で人気あるよ、ほら」

男はファイルから一枚の写真を取り出して見せる。楓愛女子高校とは違う制服を着た女子生徒の全身写真だった。

「ね、モデルも可愛いでしょ」

「は、はあ、そうですね」

「三日前に入荷した新物。一式全部揃っているよ。写真もこれ以外に三枚あるから付けてあげるよ」

「で、でもぼくは……」

「この子だって今年の春に卒業したばかりだよ。この制服も、わざわざ一週間着てからラッピングしてもらったんだ」

「い、一週間も着て、ラッピング？」

「そう。これははっきり言ってお得だと思う。今買っといた方が絶対いいよ。どうだい？」

「いや、はあ、それじゃあ……」

「それじゃあじゃねぇだろ」

後から入店した不知火が柔井の膝の裏を蹴る。柔井はグラグラと体を揺らした。

「他の学校の制服を買ってどうすんだよ、このへたれ」

「ご、ごめんなさい……」

柔井は中腰になって謝る。男は素早くファイルを閉じて抽斗《ひきだし》にしまった。

「いらっしゃい……買取なら奥でやるよ」

「いいえ。ちょっとお聞きしたいことがあって伺いました。ちなみに警察ではありません」

不知火は店内を見回しながら気軽な調子で話す。男は対応に迷うような顔を見せていた。

「まだこんなお店があるんですね。てっきり前世紀に終わったものだと思っていましたけど。あなたが店長さんですか？」

「……まあな。むかしに比べたらだいぶ廃れたよ。でも需要があるから生き残っている」

「インターネット通販も盛んなようですね」

「最近はそっちがメインだ。ここはほとんど倉庫と買取窓口だ」

「女の子が自分で売りに来るんですか？」

「だいたいはそうだな。あるいはその親とか。もちろん身元は証明してもらっている。うちはいらなくなった服を買い取っているだけ。やばいのは引き取らない」

男は慣れた態度で受け答えする。いつの間にか、先にいた男性客たちは皆店内からいなくなっていた。柔井は入口付近でまた咳き込んでいる。不知火はカウンターに両手を突いて店員を見下ろした。

「ではそんな健全なお店の経営者さんにお聞きします。楓愛女子高校の制服はありませんか？」

「その兄ちゃんも同じことを聞いてきたな。ないよ。楓愛女子高校は手に入らないんだ」

「手に入らない？」

「管理が徹底しているんだよ。勝手に売った子は停学だの退学だのになるらしい。おまけに卒業後には回収されるそうだ」

不知火は振り返って葉香を見る。物珍しそうに店内を見回していた彼女は、思い出したような顔でうなずいた。

「たしかに、聞いたことありますね。誰が何枚制服を持っているかも学校側に記録があるとか。だから汚れたり破れたりしても勝手に処分せずに返却しないといけないそうです」

「盗まれた子たちは購買で買い直したって言ってたよね。どうしたのかな？」

「盗まれたとはまだ思っていなかったから、紛失で通していると思います。見つからないと後々問題になるかもしれませんけど、とりあえずはないと困りますから買えるはずです」

葉香はそう言いながら棚の商品を指差す。

「ところで彩音先生、あれって何に使う道具なんですか？」

「葉香ちゃんはまだ知らなくてもいい物だよ。なるほど、それでこういう店にも出回らないようになっているのか」

不知火は納得して再び男を見る。

「ということは、もし手に入ったら高値が付くんでしょうね？」

「……何かあったのか？」

男は不知火から目を逸らして尋ねる。

「窃盗事件です。わたしたちは調査を依頼された探偵です。制服を盗まれて売られたかもしれないと疑っています」

「探偵？　今どきの探偵は制服捜しなんてしてんのかよ」

「うちも何とか食べていかないといけませんから」

不知火はそう言って笑う。

「でもまだ学校側には伝えずに隠密調査している段階です。事件を公にして警察の耳に入りでもしたら、うちも仕事を取られてしまいますからね。できれば内々のまま解決したいと思っています」

男に向かって内情を説明しつつ、それとなく脅しをかける。警察が動けばこの店も捜査対象に入る可能性があるだろう。男もそれに気づいたらしく、不知火に目を向けて口を開いた。

「……先々週の土曜日だったかな。楓愛女子高校の制服を一着買い取ったよ。すぐに売れたけどな」

「やっぱり。でも、先々週の土曜日ですか？」

　不知火は横に並んだ葉香にちらりと目を向ける。事件と時系列が一致しない。新体操部の床島がブレザーを盗まれたのはきのうのことだった。

「制服は一式全て買い取ったんですか？　上も下も？」

「ああ、上着とブラウスとリボンとスカート。制服は一揃いの方が高く売れるからな」

「おいくらで買って、おいくらで売ったんですか？」

「……四万で買って、八万で売った」

「まあ、古着とは思えない高額取引ですね」

「需要と供給だ。金額を問われる筋合いはない」

「ごもっとも。誰が売りに来て、誰が買って行きましたか？」

「先々週の土曜日におっさんが売りに来て、翌日の日曜日に別のおっさんが買って行った。買った奴のことなんて分からないよ」

「売りに来た人のことは？　身元を証明してもらっているんですよね？」

「ああ、一応は控えている」

「差し支えなければ、教えていただくことはできますか？」

「山田太郎さんだよ」

　男は何も調べずに即答する。不知火は黙って首を傾げた。

「山田太郎。今年で八人目の、山田太郎さんだ」

「……健全店が聞いて呆れますね」

「そう名乗ったんだからしょうがないだろ。保険証を見せろなんて言えるかよ」

男は口を尖らせる。つまりは何の身元証明も行っていないということだ。隣の葉香が不知火に体を寄せた。

「彩音先生、これってどういうことでしょう？　ここで売られた制服って、盗まれた制服とは別ですよね？　誰の制服なんでしょうか？」

「当然、別人の制服だろうね。犯人は制服盗みの常習犯だったのかな」

入口の方でえっへんと咳払いが聞こえる。二人が振り返ると、柔井が鼻と口を押さえてこちらを見ていた。

「何だよハム太郎。偉そうにご意見番のつもりかこら」

「い、いえ、ちょっとこのお店のにおいが苦手で……」

「そんなこと聞いてねぇよ。今の話をどう思うかって聞いてんだよ」

「あ、はい、その話についてなんですけど……」

柔井は細い腕を伸ばして店内の一点を指差す。

「……楓愛女子高校の制服が、あそこに売られているんですけど」

「話を聞けよ。制服はもう誰かに買われてないんだよ」

「あれ、でもあの制服、本当に似てるかも」

葉香も柔井の指差す方を見て言った。

「ふうん、目がいいな、兄ちゃん」

店員の男はそう言うと席を立ってハンガーラックの方へと向かう。そして無数に吊された制服の中から、楓愛女子高校と同じデザインの物を引き出した。

「……でもこれは、レプリカだ。模造品だよ」

「レプリカ？　そんな物まであるんですか？」

「人気だって言っただろ。それでも欲しいお客さんもいるんだよ」

男はそう言って制服を不知火に渡す。葉香も隣から覗き込んだ。

「すごーい、そっくり……でもないか。なんか生地が安っぽい」

「うん。遠目からだと分かんないけど、質感が全然違うね」

「はい、ブラウスも透けすぎだし、リボンもテッカテカです」

葉香が自分の制服と見比べながら言う。レプリカは形こそ同じだが、素材が悪く裁縫も粗い。価格も一式で一万八〇〇〇円と圧倒的に安かった。男はカウンターの向こうに戻ると椅子に座って頬杖を突いた。

「……ああ、そうだ。さっきの話の続きだが、本物の楓愛女子高校の制服が売れたすぐ後にな、女の子が買いに来たな」

「まさか制服を買いに来たんですか？　いつ？」

「うちが買った翌日だから、先々週の日曜日だな。もう売れたって言ったら顔を真っ青にしていた。もしかするとその子の制服だったかもしれないな」

「もしかしたら、じゃなくて、絶対そうでしょう。あなた犯罪の片棒を担いでいますよ」

「もう脅さなくてもいいだろ。レプリカを見つけたあんたらだから話したんだよ」

男は開き直って返す。不知火は冷たい目で見下ろしていた。

「その子な、仕方ないからそのレプリカを買って行ったよ」

「……どんな子でしたか？　名前や特徴は分かりませんか？」

不知火は尋ねるが男は首を振った。

「覚えてない。でも売りに来たおっさんのことも知ってそうだったな。なんか事情があるんだろう」

九

三人は制服ショップを出ると再び電車に乗って奈良へと向かう。窓の外は暗くなっており、車内は大勢の帰宅者で混雑していた。不知火と葉香は並んで吊革に摑まっている。柔井はその前のドアに身を預けて、また電車酔いと戦っていた。

「二週間前の土曜日に、誰かが制服ショップで楓愛女子高校の制服を一着売った」

不知火は電車の窓ガラスに映る自身に向かって言う。隣の葉香が小さくうなずいた。

「その翌日には、おそらく制服の持ち主だった子が買い戻しに来た。でもすでに制服は別の者に売られてしまっていた。だからその子は仕方なく、店にあったレプリカを買って帰った」

「彩音先生、どういうことなんでしょう。その子、レプリカなんて買ってどうするつもりだったんでしょうか？」

「自分の制服を売られたから、代わりに買ったのかな」

「そんな。生徒なら普通、購買で買い直しますよ。あのレプリカだって、よく見たら贋物だってすぐに分かりますよ」

「うん、おかしいよね。そもそも最初にその子の制服を売った男は誰なのかな。そいつはどうやって盗んで売ったのかな。どうしてその子も、あの制服ショップに売られたと知っていたのかな」

「……分かりません」

「分からなくていいよ。葉香ちゃんが悩むのはそこじゃないから」

不知火は葉香の方を振り向いた。

「よく聞いてね、葉香ちゃん。ここまでの調査から、事件がずいぶんと大きな話になってきたことが分かるよね。葉香ちゃんのブレザーが法隆寺の鐘の下で見つかった謎を調べていたのに、他の人の制服も盗まれていたり、別の制服が盗まれたり売られたりしていた。どこまで関連があるかは分からないけど、どれも放っておけない事態になってきたと思うの」

「はい。わたしも大変なことになってきたと思っていました」

「だから、これ以上調査を続けるとなると、学校の先生にも相談しなきゃいけなくなると思うの。葉香ちゃんもそれでいいのかな？」

「先生に相談、ですか」

葉香はにわかに表情を曇らせる。不知火はその顔をじっと見つめていた。

「うん。だってわたしたちは部外者だから、これ以上校内を騒がす訳にはいかないよ。先生にばれると追い出されるからね。それは別に構わないけど、葉香ちゃんも叱られるかもしれない。場合によってはお父さんも学校に呼び出されるだろうし、それってやっぱり、ちょっとまずいことになると思うの」

「でも、先生に相談して事件が解決するんでしょうか」

「そこまでは分からない。だけど何かしらの対策は講じられるはずだよ。少なくとも制服ショップで売買されたことは事実だし、レプリカを本物と偽って着ている子もいる。部室内でのおかしな盗難事件も起きているとなると、見逃す訳にはいかなくなるよ」

「そうですよね、でも……」

葉香はそこまで言って言葉を止める。そしてそのまま、両手で吊革にぶら下がり体を揺らし始めた。

「……でも、わたしが勝手にそんなことをしてもいいのかな。制服を盗んだり売ったりするのはいけないことだと思うけど、先生に相談したら大騒ぎになっちゃう気がする」

「大騒ぎにはしたくないんだね」

「だって彩音先生、お店でレプリカを買った子も何か理由があるような気がするんです。学校の購買で買わなかったのも、理由を聞かれたくなかったとか、先生に知られたくなかったとかだと思うんです」

「そうだろうね、わたしもそんな気がしているよ」

「じゃあわたしも、知らないふりをしておいた方がいいんでしょうか。でもまたどこかで、制服が盗まれるかもしれませんよね」

「たぶん、もう葉香ちゃんの制服は盗まれないと思うけど」

「わたしのことだけじゃなくて」

「黙って終わらせるならそれでもいい。先生に相談するなら手伝ってあげる。話によっては穏便に済ませられるかもしれないけど、そこは何とも言えないかな」

「どうしよう……」

「どっちも嫌だって言うのなら……おい、ハム太郎」

不知火は柔井に寄りかかるように近付くと、膝を上げて彼の腹を蹴る。混み合う電車内なので大っぴらに攻撃できなかった。不意打ちを食らった柔井は、うぐっと声を漏らす。不知火はそのまま彼の肩に顎を乗せた。

「よぉ、窓の外がそんなに珍しいのかよ。見なれた風景じゃねぇか」

「ご、ごめんなさい。今その、電車の揺れで気持ち悪くて……」

「ぼけっとしてんじゃねぇよ。さっさと犯人捜せよ」

「ぼ、ぼくが？」

「当たり前だろ。お前が請け負った依頼なんだから、お前が解決するんだよ」

そばに立つ乗客たちがちらちらと様子を窺っている。葉香はその視線を遮るように二人に近付いた。遠目には積極的な美人が、気弱な男に迫っているようにも見える。しかしよく見れば、不知火は柔井の太腿に何度も膝を突き刺していた。

「よく聞けこら。もしわたしが高校生だったら、全校生徒を巻き込んででも犯人を見つけ出すだろうな。事情があろうがなかろうが知ったこっちゃねぇ。嫌われようが疎まれようが関係ねぇ。わたしの制服を盗んだ奴は徹底的に追い詰めてやるよ」

「わ、分かります……」

「でも葉香ちゃんはそんなことしたくないそうだ。みんな色々と理由があるだろうから、あまり責めたくないし、学校も騒がせたくないらしい。その気持ちもよく分かる。心優しい子なんだよ」

「は、はい。ぼくも高校生だったら、そうすると思います」

「なに便乗してんだよ。お前はただのへたれじゃねぇか」

不知火は柔井の側頭部に頭突きする。弾かれた柔井は電車のドアに頭の反対側もぶつけた。

「……まあいい。お前も絶対そうだろうな。じゃあどうするよ？　お前ならどうやって解決すんだよ」

「そ、それは……」

「目立たず騒がず、早急確実に犯人を捜せ。高校生の制服盗みも解決できねぇなら、探偵の看板なんて下ろしちまえ」

「は、はい。じゃあ……」

柔井は首だけを回して葉香を見る。

「よ、葉香ちゃん。学校の部活って、もう終わったのかな？」

「部活ですか？　ええと、体育館を使えるのが七時までだから、もうすぐ終わると思います」

「それなら、五つのクラブの部員さんたちに、そのまま残ってくれるように頼んでもらえるかな。ぼくたちも今から学校に戻ろう」

「それはいいですけど……まさか犯人って、あの部員の中にいるんですか？」

「え？　うん、それはそうだよ。まだちょっと誰かは分からないけど、あの五つのクラブなら、それぞれ一人ずつ被害者がいるから協力してくれるかなと思って……」

柔井は申し訳なさそうに言う。葉香が戸惑いつつ不知火を見ると、彼女も黙ってうなずいた。

「分かりました。美智にメールしてみんなを集めてもらいます。あの、本当に犯人がいるんですか？　五つのクラブを合わせたら一〇〇人くらい部員がいると思うけど、見つけられますか？　わたしまだ一年生だし、あんまり先輩たちに迷惑かけられないんですけど」

「おいハム太郎、まさか一〇〇人全員を問い質すつもりじゃねぇだろうな」

不知火も責めるように言う。

「そ、そんなこと、ぼくにはとてもできません」

柔井は慌てて首を振ってからつぶやく。

「でも、すぐに分かると思います……たぶんきっと、おそらくなんとか、ですけど」

一〇

三人は楓愛女子高校に再び戻ると、そのまま第一体育館へと入る。広い館内には制服姿の生徒たちがすでに大勢待機していた。隙間を空けて五つほどのグループに分かれているのは、そのまま五つのクラブがめいめい集まっているからだろう。不知火たちの到着に気づいて、バスケ部のグループから大庭が駆け寄ってきた。

「お帰り、葉香。どうだった？　何か分かったんだよね？」

「ただいま、美智。うん、成果はあったよ。それよりみんなを集めてくれてありがとう。大変だったでしょ？」

「大丈夫、みんな協力的だったよ。超美人の探偵さんが事件を解決してくれるからって言ったからね」

大庭は不知火に向かって笑いかける。不知火は否定もせずにうなずいた。葉香が続けて尋ねる。

「顧問やコーチは帰ったの？」

「うん。体育館クラブのみんなで、館内清掃と備品管理について話し合いたいって言ったら放っておいてくれたよ。さっきまで本当に先輩たちが会議していたから嘘じゃないしね」

「さっすが！　今度ケーキおごるね」

葉香と大庭は手を取り合って飛び跳ねる。他の部員たちは遠くからその様子を見つめていた。

「じゃあ彩音先生、早速お願いします！」

「うん。時間もないことだからすぐに始めようか」

不知火はスリッパの音を立てて生徒たちの方へと向かった。

「みんなお待たせー。遅くなってごめんね！　すぐに終わるからちょっとだけ付き合ってね」

不知火の声に生徒たちは反応する。葉香と大庭と柔井も後に従った。

「きょうも練習お疲れさま。大声出すの疲れるから、もうちょっと近くに来てくれるかな。みんな寄って寄って。ええと、そっちがバスケ部で、隣がバレー部だね。それで、バドミントン部、卓球部、新体操部か。ああ、並ばなくていいよ。座って座って」

不知火は笑顔で皆を見渡す。その態度はまったく動じることもなく、まるでベテランの教師かコーチのように手慣れていた。

「じゃ、はじめまして。フロイト総合研究所の探偵、不知火彩音です。もう聞いていると思うけど、バスケ部の月西葉香ちゃんに依頼されて制服盗難の調査をしていました。依頼というか相談だけどね。だからこの学校の先生たちにもないしょにしててね」

不知火は立てた人差し指を唇に付ける。皆は、はあいと返事をした。

「うん、いい返事だ。それで、どうしてみんなに集まってもらったかというとね。今から制服盗難事件の内容を説明して、君たちの前で犯人を明らかにしようと思うの。

犯人とその被害者だけに伝えても良かったんだけどさ、君たちだって何がどうなったのかを知りたいでしょ。というか、絶対後でこっそり聞くよね。それならもうオープンにして、公明正大に話をした方がいいと思ったんだ。一体何が起きて、誰が何をしていたのか。もう分かっていると思うけど、犯人はこの中にいるんだよ」

館内がにわかにざわつく。うつむいて携帯電話を見ていた者たちも一斉に顔を上げた。

「はい、静かにしてね。わたしは学校の先生じゃないから、犯人だけを呼びつけて叱ったり、みんなに作文を書かせたりなんてしないよ。どうしてこんなことになったのか、犯人をどうするかは君たちが決めるんだよ。そのためにも、今からの話をしっかり聞いてね」

不知火はそう言って口を閉じる。皆も黙って注目している。そのまま数秒間、何も起こらなかった。

「……おいハム太郎、何やってんだ。出番だぞ」

「む、無理です……」

柔井は顔を青くして、膝をガクガクさせていた。

「はぁ？　舐めてんのかこら。てめぇが集めろって言ったんじゃねぇか」

「そ、そうですけど、こんな大勢の人の前で話をするなんて、校長先生でもないのに」

「ビビッてんじゃねぇよ。みんな一〇代のガキどもだろが」

「ぼ、ぼく、子どもは苦手なんです。嫌われるし……」

「お前に得意なものがあんのかよ。大人にも嫌われるだろうが」

「目が、みんなの目がすごくきらきらしていて、汚れたぼくには恐いんです」

「その目の前で蹴り倒すぞ。さっさとやれ」

不知火はそう吐き捨てて一歩下がる。柔井は仕方なく、ちょこちょこと前進した。

「え、えと、どうもこんばんは……」

柔井は皆に向かって挨拶する。しかし誰も反応しない。

「全然聞こえてねぇよ。もっと声を張れ」

　不知火が背後から指示する。

「わ、わたくし、フロイト総合研究所から参りました、柔井公太郎と申します。い、いつもお世話になっております」

「そこは飛ばせ」

「はい。あの、葉香ちゃんのブレザーを盗んだ人を捜すという依頼を請けて……」

「月西さん、だろ」

「そう、月西さんのブレザーを盗んだ人を捜すという……あれ、いや、法隆寺の八不思議を解くって依頼だっけ？」

「ハムちゃん、頑張って！」

　隣から葉香が呼びかける。柔井は、はぁはぁと息を乱していた。

「皆さん、ハムちゃんを応援してあげてください！」

　大庭が他の女子生徒たちに呼びかける。彼女たちは訳も分からないまま、頑張れだの、ファイトだのとぱらぱら声を投げかけていた。

「お、応援ありがとうございます。大丈夫、ぼくは大丈夫ですから」

　柔井はうつむいたまま深呼吸をする。そして顔を上げると、そのまま天井まで見上げた。

「とにかくぼくたちは、この学校で起きた制服の盗難事件を調査していました。最初はブレザーを盗まれた葉香ちゃんの依頼を請けて始めたけど、その後、複数の人が制服を一部ずつ盗まれていたことが分かりました。

なくなっていたのはバドミントン部の羽田さんのリボン、卓球部の品本さんのスカート、バレーボール部の鳥打さんのブラウス、バスケットボール部の葉香ちゃんのブレザー、そして新体操部の床島さんのブレザー。五つのクラブに所属する五人の部員が、等しく被害に遭っていました。

窃盗は二週間にわたってだいたい二日おきに行われていました。犯人は部員たちが体育館で練習している隙に、部室の窓から侵入してそれぞれのロッカーから盗んでいました。どの部室も入口には鍵をかけますが、窓の鍵は習慣的にかけていませんでした。

これらのことから分かるのは、犯人が日常的に校内に入れる生徒であること。それと体育館クラブの部室はどれも窓が開いていることを知っていた人。さらには盗む相手もある程度知っていた人だと分かって、つまりはこれらのクラブに所属する部員の誰かであることが推理できました、はい」

「盗む相手をある程度知っていたって、どういうことだ？」

不知火が横から口を挟む。

「それは、盗まれた人がほぼ同じ身長や体形だからです。犯人がロッカーをひとつずつ開けて調べていたとしたら時間がかかりすぎるし、きっと誰かが違和感に気づいたはずです。それと盗まれた制服の部位も重要です。二年生の羽田さんはリボンで、同じく二年生の鳥打さんはブラウスでした。どちらも被害はまだ小さい方で、うっかり紛失したか、誰かが着て帰ったのかと思っていました。一方で一年生の品本さんはスカートを盗まれていましたけど、彼女はおとなしい性格らしいので大騒ぎできず、黙って購買で買い直しました。犯人もそうなることを知っていたんです」

女子生徒たちの中にいる品本がうつむく。周りの部員たちが同情的な目でそれを見つめていた。

「でも犯人が見誤ったこともあります。それがバスケ部の葉香ちゃんです。葉香ちゃんはバスケ部で一番背が低いらしいけど、それでも他の被害者よりも制服のサイズは大きかったんです。だから犯人はやむを得ず、盗んだブレザーを法隆寺の鐘の下に置いていきました。その時刻は、先日水曜日の午前七時から八時までの間。法隆寺の門が開いた後、僧侶の常吉さんが鐘を鳴らす前。つまり、だいたい楓愛女子高校の登校時間と一致します。そして置いた理由は、学校の外で誰かに見つけてもらえるようにするためです」

「見つけてもらうために、置いたんですか？」

葉香が驚く。たしかに常吉は『捨てた落ちたというよりも、置いたという風に見えました』と言っていた。しかし当然、彼女はそんなはずがないと思っていた。柔井はうなずくように頭を下げて、今度はそのまま床まで視線を落とした。

「犯人は、間違って盗んだブレザーを葉香ちゃんに返そうとしたんです。でも自分が犯人だと知られたくなかった。それで部外者が犯人であると思わせるように学校の外で、人目に付きやすいけどすぐには処分されない観光地の中で、楓愛女子高校の制服だと知っている人がいる、法隆寺の鐘の下が最適だと思ったんです」

柔井は床に座って見つめる女子生徒の視線を避けて真横を向いた。

「それで、犯人が皆さんの制服を盗んだ理由は、自分の制服を一着作るためでした。同じ身長や体形の人から、盗まれたと知られないように一部ずつ制服を集めて自分の物にしようとしました。なぜそうしたかというと、自分の制服は大阪の制服ショップに売られてしまったからです。

犯人自身の制服は二週間前の土曜日に、とある制服ショップに売られてしまいました。その翌日には犯人も買い戻しに行きましたけど、すでに別の人に売られてしまっていました。それで仕方なく、同じショップで売られている楓愛女子高校の制服のレプリカを買いました。

でもレプリカはしょせん模造品で、見た目や素材が大きく異なっていました。特にみんなが同じ制服を着ている校内だと、いつか必ずばれることになるでしょう。だから犯人はその前に、本物の制服を手に入れる必要があったんです。

犯人の制服がなぜ売られてしまったのか、どうして犯人自身がその事件を学校に伝えず、購買で買い直すこともせず、自分だけでなんとかしようとしたのかは分かりません。ただそんな事情があって、皆さんの制服は盗まれていました。犯人は外部の人間でもなければ、変質者でもありません。皆さんと同じ生徒だったんです。

これでぼくの調査を終わります。ご聴衆、いや、ご清聴ありがとうございました」

柔井は横を向いたまま深くお辞儀をする。これが事件の真相だった。女子生徒たちからの拍手が体育館に響き渡った。

「こら、ハム太郎」

不知火が背後から柔井を蹴る。彼はそのまま前のめりに倒れた。

「なに勝手に終わらせてんだよ。肝腎の犯人捜しはどうなったんだ」

「あ、忘れてました。ごめんなさい……」

柔井は床に向かって謝ると、腰を押さえながら立ち上がった。

「じゃあ、えと、見つけます。皆さん、立ってください」

「みんなごめんね。その場でちょっと立ってくれるかな」

不知火は手を叩いて呼びかける。女子生徒たちは一斉に腰を上げた。

「……で、どうするんだ？　ハム太郎」

「いえ、もういいです。このまま捜します」

「一〇〇人もいるんだぞ。間違えたら探偵の信用なくすぞ」

「九六人です。あ、あの皆さん、できればそのまま、動かないでください」

柔井はそう言うと目を閉じて顔を上げる。皆も黙って彼を見つめている。そのまま三呼吸分ほど時間が経過した。

「……あ、はい。分かりました。犯人はあなたです」

柔井は目を閉じたまま一人の女子生徒を指差す。皆がざわつく中、指差されたバドミントン部の羽田阿美が目を丸くしていた。

二

「あ、あれ？　羽田さん。なんで？　あれ？」

ようやく目を開いた柔井自身が戸惑いを見せる。

「え？　それって、こっちの台詞じゃないの？」

羽田も瞬きを繰り返す。葉香も大庭も、皆も驚いて二人を見る。しかし不知火は平然と柔井に近付いた。

「おい、ハム太郎。どういうことなんだ？」

「ど、どういうことなんでしょう……」

「本当に彼女が犯人なんだな」

「あ、はい。それは間違いないです」

柔井は驚きつつも断言する。目を閉じて指差しただけにもかかわらず、この男にしてはあり得ないほど確信に満ちた答えだった。不知火は小さく溜息をつくと羽田の方へと近付く。

「それじゃあ羽田さん。事情を説明してくれるかな。どうしてこんなことをしたの？」

「ええ？　ちょっと待ってよ、彩音先生」

羽田は慌てて首を振る。

「何でわたしなんですか？　わたしも被害者なんですよ！」

「じゃあそのブレザーの胸元の裏地を見せてくれるかな。みんなそこにネームが刺繍されているんだよね？」

不知火は優しい口調で言う。もし彼女の着ているブレザーが盗まれた床島の物だとしたら、そこには床島の名前が刺繍されているはずだ。羽田は迷う素振りを見せていたが、しぶしぶブレザーを開けて裏地を晒す。しかしそこには、誰の名前も刺繍されていなかった。

「あれ？　名前がない」

葉香がつぶやくが羽田は何も答えない。不知火は目を逸らさない。

「羽田さん、どうして名前がないのかな？　購買で買う時に付けてくれるはずだよね。管理が徹底しているから、どこかで勝手に買うことなんてできないよね」

「し、知らない。でも名前がないんだから、床島さんの物かどうかも……」

「はーねーだーさん」

不知火は一歩近付くとそのまま羽田の体を抱き締める。女子生徒たちがにわかにざわめいた。羽田も思わず息を呑む。

「……探偵ごっこはもうおしまい。わたしに言い訳したってしょうがないでしょ」

「わ、わたしは！」

羽田は声を上げるが、そこから言葉が続かない。

「大丈夫。君だって、やりたくてやった訳じゃないってこと、ちゃんと分かっているよ」

「彩音先生……」

「だから正直に話しなさい。みんな友達なんだから、君の気持ちもきっと分かってくれるよ。もちろんわたしも君の味方。だから何にも心配いらないよ」

不知火は羽田の耳元で囁く。少女は肩を震わせると不知火の体に強くしがみついた。

「わたしだって……わたしだって……」

そして嗚咽混じりの声を上げた。


羽田は落ち着きを取り戻すと、不知火の隣に立って話を始める。その態度はこれまでと打って変わってしおらしく、観念したようにうつむいていた。

「わたしの制服を売ったのは……お父さんなんです」

羽田は小さな声で、はっきりとそう言った。

「うちのお父さん、だめな人なんです。いつもお酒ばっかり飲んで、ちっとも働かなくて、たまに家に帰って来たと思ったら、お母さんのお金を取って行く人なんです。

それでこの間、お母さんもさすがに切れてお父さんにお金を渡さなくしたんです。わたしももちろん持っていないし、神戸のお爺ちゃんともずっと前に大喧嘩してそれきりだし、誰もお父さんにお金を渡さなくなりました。

そしたらお父さんが困ったのか、わたしの制服を盗んで勝手に売りに行ったんです。楓愛女子高校の制服が高値で売れることをどこかで聞いたんだと思います。それが二週間前の土曜日のことでした。

バドミントン部では休日はジャージで学校まで行くから、わたしは土曜日も日曜日も制服がなくなっていることは知りませんでした。日曜日の夕方になってからやっと気づいて、お父さんを問い詰めて、慌てて売りに行った大阪のショップに行きました。だけどもう売れてしまっていて、制服はありませんでした。でも月曜日には着なくちゃいけないから、それで仕方なく、そのショップで売られているレプリカを買って帰りました」

「どうして先生には相談しなかったの？」

不知火が尋ねると羽田は小さく首を振った。

「だって、勝手に盗んで売ったのがお父さんだったから。相談なんてしたら絶対に揉め事になると思ったんです。ここ、私立だからそういうのに厳しいし、うちにお金がないのも知られるし。もしかしたらバド部もやめさせられたり、学校も退学になったりするかもって思ったんです」

羽田は涙声で話す。誰も口を開かない。女子生徒たちはそれぞれ、彼女の立場を自分に置き換えて考えていた。

「でも、でもやっぱりレプリカって贋物だから、いつまでも隠し通せないと思いました。それで初めに、一番目立つ胸のリボンだけを購買で買い直しました。だけど他の制服も何とかしなくちゃならなくて、でもこれ以上購買で買い揃えると怪しまれると思って、それでみんなの制服を、少しずつ盗んでしまいました。

月西さんの制服を法隆寺の鐘の下に置いたのは、さっきハム太郎さんが言った通りです。水曜日の朝、いつもより早くに家を出て、法隆寺が開門するとすぐに忍び込んで置きました。バスケ部の部室に戻したら何度も侵入しているのがばれるし、駅は人が多いし、道端だと汚れるし、法隆寺のお坊さんが拾ってくれたら、うまく返してもらえるかなって思いました」

「それで結局、法隆寺から学校に連絡が入って、先生から葉香ちゃんに返却された。そこまではうまくいったけど、葉香ちゃんも黙っている子じゃないから、わたしに調査を依頼してきた。大事になっちゃったね」

不知火は笑って話す。羽田は、はいとつぶやいた。

「まさか、本物の探偵さんが来るとは思わなかった」

「でもそのおかげで君もこうやって正直に話すことができたよね。このまま制服を盗まれたことと、盗んだことを隠し続けるよりは良かったんじゃないかな。法隆寺の仏様のお導きだよ。君に悪いことはできないんだよ」

「月西さん、ごめんなさい。鳥打さんも品本さんも床島さんも、本当にごめんなさい」

羽田は深々と頭を下げる。葉香は首を振った。

「いいんです、羽田先輩。大丈夫です。わたしは怒っていませんから。顔を上げてください」

そして葉香は皆の方を向く。

「えと、皆さん、わたしは羽田先輩を責めません。盗んだのは悪いことだけど、先輩は楓愛女子高校をやめたくなかったから、みんなと一緒にいたいから、そうしてしまったんです。売るために盗んだ訳でもないし、もちろん嫌がらせのために盗んだ訳でもありません。それを今、こんなにいる皆さんの前で正直に話してくれました。だからもう許したいと思います。どうですか？」

「まあ……わたしはブラウスを返してくれるなら別にいいよ」

鳥打は腰に手をあてて声を上げる。

「それも今すぐじゃなくて、ちゃんと制服を買い直してからでいい。変質者の仕業じゃなくて良かったよ」

「わ、わたしも、どうしようもない辛さは知っているから、もういいです」

品本がぽつぽつと言う。羽田は彼女に向かってもう一度頭を下げた。

「品本さん、ごめんなさい。買い直したスカートのお金は返します。床島さんも、切り取った刺繍は修理します」

「それも含めて、やはり一度きちんと先生にご相談した方がよろしいかと思います。必要ならわたしも説明させていただきます。もちろん先輩が、元の学校生活を取り戻せるように協力いたします」

床島はそう羽田に伝えてから、葉香に向かってうなずいた。

「それでいいですよね。皆さん、被害者のわたしたちが納得していますから、もうこの事件は終わりにしたいと思います。どうもお騒がせしました」

葉香はぺこりと頭を下げて事件を締めくくった。女子生徒たちは解放感に溜息を漏らして、やがてざわつき始める。もう誰も事件にかかわろうとはせず、どこからも非難の声は上がらなかった。

しかし九六人の女子生徒が、全て等しく理解を示しているとは限らない。どうあっても窃盗を働いた羽田や、結果的に事件を大きくした葉香を疎ましく思う者も少なくはないだろう。

「あのう、ちょっと聞いてもいいですか？」

そんな中、バスケ部の市側が不知火に向かってのんびりと手を挙げた。

「事件のことはよく分かったんですけど、さっきハムちゃんは、どうやって羽田先輩がそうだって見つけたんですか？」

「あ、そういえばそうだね」

大庭も気づいて柔井の方を見る。他の女子生徒たちも雑談を止めて注目した。

「なんかそこだけ、いきなりだったよね。ハムちゃん、別に捜してもいないのにピタッと当てたよね。なんで？」

「え、ええと、それは……」

柔井は急に話を振られて戸惑う。

「ほんとだ。まさか当てずっぽじゃないですよね？」

葉香も気づいて質問を繰り返す。羽田自身も不思議そうに柔井を見ていた。

「あ、当てずっぽじゃないけど、その……」

「じゃあどうやったんですか？　どんな推理を？」

「推理じゃねぇよな、ハム太郎」

不知火は口に手をあてて笑いを嚙み殺す。柔井はもごもごと口籠もっていた。

「ぼくは、その……」

「教えてやれよ。探偵の説明責任だ」

「そんな……」

柔井は首を振って震えている。それでも女子生徒たちの好奇心は離れなかった。

「そ、それは、ちゃんと調査して、分かったから……」

「え？　何の調査ですか？」

葉香が皆を代表して尋ねる。

「だからその、においが……」

「におい？」

「……羽田さんの制服から、においがしたから。リボンからは羽田さんのにおいがしたけど、ブレザーから床島さんのにおいがして、中のブラウスから鳥打さんのにおいがして、スカートから品本さんのにおいがしたから。だから間違いないかなって」

柔井の回答に全員が呆気に取られる。やがてどこからか小さく悲鳴が上がり、それに連動して女子生徒たちが一斉に騒ぎ出した。

「えー？　ハムちゃん、いつ羽田先輩の制服を嗅いだの？　そんなに近付いていなかったよね？」

「う、うん。それでもまあ、ぼくはだいたい分かるから……」

「わたしのにおいというのは、その、臭いということでしょうか」

床島が恐る恐る尋ねると、柔井は首を振って否定する。

「いやいや、さすがに羽田も洗濯くらいしてるだろ。一週間前に取られたブラウスだよ？」

鳥打も驚いて尋ねると、柔井はうなずいて返す。

「だから羽田さんのにおいと、洗剤のにおいと、その奥からかすかに鳥打さんのにおいが

「……」

「ちょ、ちょっと、あんまりにおいにおいって言わないでよ！」

　羽田もさすがに声を上げる。

「ス、スカートのにおいって……」

　品本は真っ赤になってうつむいていた。周囲からは、変態だの、犬だのという声が上がっている。

「彩音先生、本当なんですか？」

　葉香の質問に不知火は笑ってうなずく。

「こいつの嗅覚は本物だよ。いつでもどこでも、何かを恐がっているへたれだから、においにもやたらと敏感になっているんだ。わたしがわざわざ香水を付けてるのもそういうこと。たぶんもう、ここにいる全員のにおいだって嗅ぎ分けているよ」

　不知火がそう言うと、女子生徒たちは一斉にその場を離れた。柔井は首を回してうろたえる。

「あ、彩音先生……」

「もう隠したってしょうがねぇだろ。クールな探偵は女を近寄らせないもんだよ」

「勝手に離れて行くんですけど……」

柔井は泣きそうな顔を見せている。女子生徒たちはもう事件を忘れて、柔井の特技へと関心を移していた。

二

翌日の金曜日の夜。フロイト総研の事務所に再び葉香が顔を出した。きょうは不知火もいたので面倒なやり取りもなく入室する。不知火はソファで横になっており、柔井はテーブルに置いたノートパソコンの液晶画面を凝視していた。

「お邪魔しまーす。お仕事中ですかー？」

「いらっしゃい。お勉強中だよ。ハム太郎にパソコンを教えているんだよ」

不知火は笑顔を見せてソファから起き上がる。柔井は顔も上げずにもごもごと挨拶した。

「へえ、探偵さんもパソコンを使う時代ですか」

「まあね。地図のプリントアウトとか、インターネットの検索とか、できた方が便利でしょ」

「うわ、そこからですか。あ、これコーヒーとケーキです。一緒に食べませんか？」

「ありがと。ケーキ？　買って来てくれたの？」

「きのうのお礼です。こんな物しか出せなくてごめんなさい。柿のパウンドケーキです」

「そんなの全然気にしなくていいのに。おいしそう、ちゃんと柿の形してるんだね。食べよ食べよ。おらハム太郎、さっさと片付けろ」

不知火はノートパソコンの画面を裏側から押し閉める。柔井はそのまま両手を挟まれた。

「葉香ちゃんは今帰って来たの？　学校の様子はどう？」

「おかげさまで、普段通りの日々に戻りました。あれから部室の窓の鍵もちゃんと閉めるようにしました」

葉香はコーヒーカップとケーキを配膳しながら言う。

「放課後には羽田先輩も先生へ相談に行きました。わたしも付いていって、何とかお父さんと話し合えるようにして欲しいってお願いしました」

「そう。あの子はこれからが大変だろうね」

「そう思います。せめて学校と部活は続けてもらいたいですけど、わたしもそこまではかかわれないし……」

「葉香ちゃんは精一杯やっているよ。きっとあの子も分かってくれているでしょ」

不知火はケーキにフォークを突き立てながら言う。葉香も穏やかな顔でうなずいた。

「そうそう、フロイト総研のことも話題になっていますよ。もちろん先生にはないしょにしてますけど。超格好いい探偵と、においフェチのとんでもない奴がいるって」

「においフェチ……」

柔井はコーヒーの黒い水面に向かってつぶやく。不知火はけたけたと笑っていた。

「いい宣伝になったかな。学校の相談事を依頼されても困るけど、大人になったら思い出してくれるかもね」

「はい、わたしもそれが狙いです」

葉香はそう言って柔井の方を見る。彼はうつむいたまま、コーヒーカップを持つ手をぴたりと止めた。

「な、何？　葉香ちゃん」

「わたしの顔も見ないのに、よく見られているって分かりますね」

「それはその、視線が突き刺さったから……」

「つくづく変わっていますよね、ハムちゃんって」

葉香は視線を柔井から不知火へと移す。

「みんなそれぞれ変わっているもんだよ。ハム太郎は口下手で人の顔も見られないくらい臆病だから、その代わりに他人のにおいとか物音とか、手の動きとかに敏感なんだろ。モグラや深海魚だってそんな風に進化したんだよ」

不知火はケーキを口に入れては手で頬を押さえる。心底おいしそうなリアクションだった。

「でもハムちゃんって推理はすごいじゃないですか。わたしあれを見て、この人探偵なんだって思い出しましたよ」

「ううん。あれも恐がりだからだよ。人間って恐いものに遭遇したら、なんとか理屈づけて安心しようとするんだよ。ハム太郎は、世の中の全てが自分の敵で、箸が転げても悪い予感にビビる奴だから、何でもすぐに理屈が思いつける脳ミソになっているだけだよ」

「口下手で、人の顔が見られなくて、恐がりって。なんだか大変ですね、ハムちゃん」

葉香は柔井に同情の目差しを向ける。彼は再び手を止めた。

「……もしかして、探偵には全然向いてないんじゃないですか？」

「そう。ぼくも常々そう思っているんだ」

柔井は珍しく即答する。同時にテーブルの下で不知火が彼の足を踏みつけた。

第三話　海なき奈良に、イルカの呪い

【柔井公太郎の日記】

八月二〇日

今回の事件は、あまりに恐ろしくてもう思い出したくもありません。

それほどまでに衝撃的で、いまだに忘れることができない事件でした。

ぼくはこれまでにも、たくさんの見たくもない不気味な死体を見て、出会いたくもない凶悪な犯人に出会ってきました。

でもそれが仕事だから、探偵として仕方がないことだからと思って我慢してきました。

でもこの事件は、それらとは比べものにならない恐怖体験だったのです。

『飛鳥に眠る一四〇〇年の怨霊《おんりょう》』

その災いが、ぼくの身に降りかかったのです。

そして今も夜の夢に現れては、この身を蝕む呪いの存在を実感させるのです。

そうです、事件はまだ終わっていないのです。

でもこればかりは、さすがの彩音先生にもどうすることもできません。

県警の駒込刑事だって何の役にも立ちません。

どうして、奈良の路地裏でドブネズミみたいにひっそりと生きているだけのぼくが、こんな酷い目に遭うのでしょうか。

それともぼくが探偵なんかになったがために、分不相応な仕事に足を踏み入れたがために、こんな罰を受ける羽目になったのでしょうか。

きっとそうなのです。

墓荒らし、遺跡荒らしに手を染めたぼくは、古代人の怒りに触れてしまったのです。

どうかお許しください。

探偵で、ごめんなさい。


【不知火彩音先生よりひとこと】

怨霊よりもお前の方がうっとうしいよ。

一

飛鳥は奈良県のほぼ中央に位置する土地、小高い丘に囲まれた小さな平野地帯である。現在は奈良県高市郡明日香村《たかいちぐんあすかむら》に属しており、飛鳥の名はそれに続く一部の地名に留まっている。しかしその歴史的価値ゆえか、あるいは漢字の美しさゆえか、現在でも周辺地域はまとめて飛鳥と呼ばれていた。正確な住所を示す際には明日香の名を使い、駅名や観光パンフレットなどでは飛鳥の名を使うことが多かった。

飛鳥は言わずと知れた飛鳥時代の舞台であり、古代日本の出発地である。時代としては推古天皇即位の西暦五九二年から、平城京遷都の七一〇年まで。都としての飛鳥京は、藤原京遷都の六九四年まで存在していた。未だ謎の多いこの時代は、ひとことで言えば日本史の転換期。あるいは国家の一大革命期だった。

赤子が他人を見て初めて自己を意識するように、国家は他国を知って初めて自国が成立する。この時代、日本は大陸からの膨大な文化流入により、古代の王権集落から封建制の国家へと転換がはかられた。

その内容とは、仏教による思想教育、十七条憲法の制定、冠位十二階による官位の制定、そして飛鳥京を中心とする都市の設計などだ。現代社会の基礎とも言える国家のシステムはこの時代に誕生した。そして古代日本の出発地という言葉も決して誇張ではない。確認できる限り、『日本』という国号を初めて用いたのもこの時代からであった。他国を知り交流を深めるためには、自国にも名前を付ける必要があったのだ。

現在、飛鳥の地は木々の生い茂る山々と緑の丘、田畑と瓦屋根の家々が広がる、のどかな風景が広がっている。かつての都、革命の舞台は歴史の堆積とともに埋もれ、点在する遺跡群にその痕跡が窺えるのみとなっていた。

奈良時代以降、中世、近世、現代に至るまで、この地が再び歴史の中心地となったことはない。あたかも成長した子らが巣立ち終えた故郷のように、穏やかに流れる時とともにあり続けていた。

風の音と、虫の音だけが響く八月七日、真夏の夜だった。広く掘り返された遺跡発掘現場の一隅に、若い男が一人腰を屈めていた。明日香村にある貴嶋《たかしま》大学考古学研究室に所属する、大串彰正《おおぐしあきまさ》という男。染めた金髪に鼻筋の通った日焼け顔をした、二四歳の大学院生だった。

辺りには街灯の類はなく、少し端の欠けた月だけが薄茶色の地面を照らしている。そばに置いた懐中電灯もスイッチは入っていなかった。大串の目の前には四角く掘られた深い穴が空いている。その中に足を踏み入れては手持ちのシャベルで土を搔き出し、這い出しては月明かりの下で土に目を凝らす。蒸し暑さに流れる汗も拭わずに、そんな作業をもう一時間以上も繰り返していた。

大串の表情には焦りの色が浮かんでいる。夜明けまでに見つけ出さなければならないものがある。だが、それが何かはまだ彼自身にも分かっていなかった。俺は一体何をしているのだろう。ここから何を掘り出そうとしているのだろう。普段はやんちゃ者のように爛々と輝く目が、今は追い詰められた獣のように赤く血走っている。右手のシャベルを地面に何度も突き立てている。

左手には、赤黒く朽ちた刀の束《つか》を握り締めていた。

大串を動かしているのは、若き考古学研究者としての純粋な探究心であり、使命感だった。その目に映るのは、古代人が踏みしめた足跡であり、その手に取るのは、積み上げられた膨大な歴史書の一ページだった。一四〇〇年の歴史。革命の当事者となった、彼らの真相。月明かりの下で、彼は必死になってそれを求め続けていた。

だから気がつかなかった。

いつの間にか、近くに潜む虫の音が止まっていたことに。

そして背後に立つ何者かの存在にも。

二

それから三日後となる、八月一〇日の夜。三条通の路地裏にある探偵事務所『フロイト総合研究所』では二人の男がソファに座って対面していた。一方はこの事務所の所長である、探偵の柔井公太郎。もう一方は奈良県警の刑事、駒込五郎だった。柔井は細い体をさらに縮こめて、自分の事務所であるにもかかわらず居心地悪そうにしている。駒込は筋肉質の体をそのままに、膝を目一杯広げてどっかりと腰を下ろしていた。

「しかしなぁ、柔井君」

「はい、ごめんなさい……」

口を開いた途端に謝られてしまい、駒込は喉の奥で唸る。

「まぁ、なんだ。このままじゃいかんだろ、君も」

「はい。な、何とかしなきゃとは思っているんですけど、なかなかその……」

「はっきり喋らないか。そうやって話をもたつかせるのもよくないぞ」

「そ、それも何とかしなきゃと思って、います」

柔井は叱られた子どものようにうつむく。二四歳の男とは思えないその引っ込み思案な性格に、三八歳の駒込は苛立ちと同情を覚えていた。

「柔井君は、何かスポーツはやらないのか？　若いんだから体を動かすのも悪くないぞ」

「いえ……やりません。暑いし、疲れるし」

柔井はあっさり拒否する。会話がまったく弾まない。

「でも君だって探偵なんだから、ある程度は体力と腕っぷしもいるだろうに」

「あ、それなら大丈夫です。彩音先生がいますから心配いりません」

「おいおい、不知火先生は女だろうが」

「え、でも強いですよ？」

「それは……俺も知っているが、そうじゃない。君の態度の話をしているんだ。男が女に頼ってどうする。君自身も強くならないとだめだろうが」

「それは無理です」

「そんなところだけはっきり言うんじゃない。何が無理なものか。柔道でもやればいいじゃないか。奈良にも道場があるぞ」

「ぼ、ぼくが柔道なんて……そんな、骨が折れますよ」

「君が言うと、どっちの意味か分からんよ」

その時、事務所のドアが開いて不知火彩音が姿を現した。下ろしたブラウンの髪に赤いフレームの眼鏡、ノースリーブのシャツにタイトなミニスカートが手足の長さを強調している。

柔井と駒込が同時に顔を向けた。

「お疲れー」

「あ、お、お疲れさまです。彩音先生」

「あら、駒込刑事じゃないですか」

「よう、不知火先生は今からご出勤か？」

「その言い方、オヤジ臭いから止めた方がいいですよ」

不知火はぴしゃりと言い放ってソファにバッグを投げ捨てる。駒込が喉の奥で唸った。

「なあ先生よ。今も柔井君に話していたんだが、彼、もうちょっと鍛えてみたらどうだ？何かスポーツでも習わせるとかよ。今のままじゃあまりにも情けないぞ」

「余計なお世話です。ハム太郎なんて、鍛えさせたところでさらに自信をなくすだけですよ」

「やってみなきゃ分からないじゃないか」

「やってみなくても分かりますよ。心理学者ですから」

不知火は柔井の隣に腰を下ろす。

「ハム太郎は、現状維持が精一杯。小さな体で一生懸命生きています」

「俺は心理のことは分からないけどよ。先生がそうやって決めつけるから彼も萎縮してしまうんじゃないのか？」

「こうやって決めつけてやらないと、こいつは動きませんし、わたしもむかつきます」

「しかし、柔井君は君の所有物じゃない」

「いいえ、こいつはわたしの所有物です」

不知火は鋭い目差しを向けて断言する。駒込は思わず絶句した。隣で柔井が、ごめんなさいと謝っていた。

「……それで、刑事は何の御用ですか？　なけなしの親心でわたしたちを諭しにでも来たんですか？」

「そんな訳ないだろ！　仕事だ、仕事の依頼で来たんだよ」

「お断りします。警察の仕事は面倒な上に横暴ですから。おまけに儲からないし何の得にもなりません」

「おいおい、まあそう言わずに聞いてくれよ、不知火先生」

駒込は強面を緩ませて懇願する。不知火は呆れたような顔を見せていた。

「失礼しまーす。コーヒーをお待ちしましたー」

間延びした声とともにドアが開き、一人の少女が顔を出す。下の階の喫茶店『ムーンウェスト』の娘、女子高校生の月西葉香だった。

「ありがとう、葉香ちゃん」

不知火は微笑んで礼を言う。葉香はテキパキとした動作で駒込の前にコーヒーカップを置いた。

「お、俺の分もあるのか。悪いな、葉香ちゃん」

「さっきお店の前を通って階段を上がるのを見かけたんです。その後に彩音先生も見えたから、そろそろかなって」

「なるほど、それはまた名探偵だ」

駒込は少女に対しては大袈裟に褒める。葉香も得意気な顔でうなずいた。不知火が口を開く。

「それで刑事。依頼って何ですか？」

「ああ、その話なんだがな、実は先生……」

駒込は話を始めかけるが、不知火の隣にちょこんと座った葉香に目を向けて話を止める。

不知火が彼の態度に気がついた。

「葉香ちゃん、悪いけど席を外してくれる？　刑事の話はないしょなんだって」

「えー、わたしコーヒーまで持ってきたのに、聞かせてくれないんですかー？」

葉香は不服そうに声を上げる。

「わたし、誰にも言ったりなんかしませんよ」

「しょうがないよ、このオヤジ、こんな顔してケチだもん」

「けちー」

「そのくせ小言も多いから、全然女の子にモテないんだよ」

「こ、こら、おかしなことを言うな」

駒込は慌てた風に否定する。不知火と葉香は白けた表情でそれを見ていた。

三

「依頼は、盗難品の捜索だ」

葉香が事務所を立ち去った後、駒込はあらためて話を始める。不知火は黙って話を促し、柔井はコーヒーの黒い水面に暗い自分の顔を映していた。

事件は三日前の八月七日の夜に発生した。明日香村にある貴嶋大学の考古学研究室から、二つに分かれた一本の鉄剣が盗まれたのだ。鉄剣はその地に存在する板蓋宮《いたぶきのみや》跡という遺跡から近頃見つかった物であり、極めて価値の高い国宝級の発掘品とのことだった。

警察の調べにより、盗んだのは大串彰正という男だと推測された。二四歳で、貴嶋大学の大学院生。考古学研究室に属しており、その鉄剣の発掘にも立ち会っていた男だ。

ところが大串は鉄剣が盗まれたその夜に、同じく板蓋宮跡で殺害死体となって発見された。二つに分かれた鉄剣の束の部分のみを握り締めており、刃の部分はどこにも見当たらなかった。

「つまり駒込刑事はわたしたちに、その鉄剣の半分を捜せというのですか」

不知火は駒込から手渡された大串の写真を見る。大学内で撮影したものか、リラックスした笑顔を見せる金髪の青年の顔が写っていた。

「でもそんなの警察の仕事じゃないですか。殺人事件の捜査にもかなりかかわっているはずですよ」

「発掘品を保管していた大学教授が、早く見つけろとうるさいんだよ」

駒込はうんざりしたような顔と声で言う。

「それで警察が動かないなら外部に依頼するとまで言い出したもんだから、それなら馴染みのフロイト総研に調査させると俺の方から約束したんだよ」

「約束って、またそんな勝手に。うちは警察の手下じゃないんですよ」

「分かっているさ。でも他の奴らに現場を荒らさせる訳にはいかないし、教授の訴えを無視する訳にもいかない。先生と柔井君なら俺も安心して任せられるんだよ」

「事件を前に安心してどうするんですか」

「事件の捜査はやるさ。盗難品だって警察がちゃんと見つける。君たちは急場しのぎの苦情受付係になってくれるだけでいいんだ」

「うちにも体裁があります。依頼を請け負っておきながら、解決できませんでしたとは言えませんよ」

「もちろん、見つけてくれるに越したことはないさ。警察からは大っぴらに協力できないが、俺は君たちを全面的にバックアップするつもりだ」

「バックアップという名の監視でしょ？」

「そう言うなよ、楽な仕事だと思うぞ」

駒込はなだめるように言うとソファに広い背中を預ける。不知火は腕を組んで溜息をついた。気乗りはしないが刑事の頼みは断れない。探偵事務所としては警察との貴重な繋がりを断つ訳にはいかなかった。駒込もそれを知っているからこそ、依頼の前に大学教授と約束を交わしていたのだろう。

「……おい、ハム太郎。どうすんだよ」

「え、何が？」

隣に座る柔井は不意打ちを食らった猫のように体を震わせる。不知火は組んだ腕を解くなり、そのまま彼の顎に肘を突き刺した。

「ごふっ」

「話聞いてねぇのか。やんのかよ、探偵。駒込刑事の依頼を請けんのかよ」

「あ、そ、そのお話ですか……」

「今、他にどの話があったんだよ」

「ご、ごもっともです。どうしましょう」

「わたしが聞いてんだよ。お前が決めろ」

「ぼ、ぼくが……そ、それならまあ、その、やってもいいかなって思いますけど」

「おい、本気で言ってんのか？」

「だ、だめでしょうか。だって、警察の皆さんもいるから安全だし、み、見つからなくてもいいみたいだし……」

「あぁ？」

「も、もちろん見つけるように努力はします。探偵ですから」

「てめぇ、楽な仕事って言葉を真に受けてんじゃねぇだろうな」

「い、いやそんな……」

「引き受けてくれるか。いやぁ頼もしい、さすが名探偵の柔井君だ！」

駒込は体を起こすと、不知火が否定する前に大袈裟に褒める。

「そう、危険なことなどまったくないし、盗難品が見つからなくたっていい。だいたい教授だって焦っているからそんなことを言っているだけで、最終的に盗難品が見つかれば満足するんだよ」

「殺人事件が起きているのに、危険でないはずがないでしょうが」

不知火が鋭く指摘すると、駒込は軽く肩をすくめる。

「君たちの調査には関係ないさ。殺人事件の捜査は警察の仕事だ」

「それじゃお聞きしますけど、その大串彰正って人が発掘品を盗んだ理由や、その後殺害された理由は何なんですか？　発掘品の取り合いですか？　それとも関係のない恨みですか？」

「うん……いや、それがさっぱり分からない」

「殺人事件の捜査はそちらの仕事だとしても、盗難事件の調査にもかかわってくる話ですよ？」

「隠している訳じゃないさ。本当にまだ動機は判明していないんだよ。ただ……」

駒込はそう言ってから一旦口籠もる。

「……ただ、関係者の中には『イルカの呪い』という人もいるようだ」

「イルカの呪い？」

　不知火はソファにもたれて脱力する。柔井は目を見開いて驚いていた。

「駒込刑事。そういう冗談は止めてください。ハム太郎に面白いリアクションを期待しても無駄ですよ」

「俺が知るかよ。そう言っている奴がいるんだよ」

「でも、よりによってイルカの呪いはないでしょう。明日香村にも奈良県にも海はありませんよ。大阪港か和歌山港から引っ張ってきたんですか」

「ああ、違う。そうじゃないんだ」

　駒込は首を振って不知火の言葉を否定した。

「呪いと言われているのはそのイルカじゃない。飛鳥のイルカ、蘇我入鹿《そがのいるか》だよ」

四

　翌日、不知火と柔井は駒込の車、パトカーではなく普通乗用車に同乗して飛鳥へと向かった。時刻はまだ午前一〇時だが、気温はすでに三〇度を超えている。フロントガラスから見える景色には雲ひとつない青空が広がっていた。

貴嶋大学は近鉄飛鳥駅の西、山間に田畑の広がる風景の中にやや小さなキャンパスを構えている。本校は奈良市内にあり、ここは文学部の史学科と文化財学科と、それにかかわる教授の研究室が設けられていた。敷地内には巨大なパラボラアンテナを載せた白い壁面の校舎が一棟と、図書館と資料館をかねた建物が一棟。他には講堂や港湾倉庫のような実験棟があり、離れには集合団地のような学生寮が建っていた。

駒込は慣れた調子で正門を通り駐車場に車を停めると、不知火と柔井を連れて校舎へと入る。貴嶋大学文学部、文化財学科考古学研究室。依頼者は多賀根《たがね》松郎《まつろう》という五三歳の教授だった。

「刑事さんがどんな奴を連れて来るのかと思ったが、まさか若い女の子が来るとはな」

多賀根はやや乱暴な口調でそう話を切り出した。禿げた頭に灰色の髭、丸眼鏡の奥の目はぎょろりと大きい。ネクタイを外した白シャツの体は筋肉質で、むき出しの腕は浅黒く日焼けしていた。大学教授らしからぬいかつい風体は、教壇よりも発掘現場に立つ時間の方が長いことの表れだろう。不知火は礼儀正しく頭を下げて挨拶する。訪問することは前もって伝えていたので、今この部屋には彼一人しかいなかった。

「フロイト総研と言ったが、あんた本当に民間の探偵事務所か？　それともやっぱり警察の関係者か？」

「民間の探偵事務所です。警察とは一切かかわりはありません」

三つ並んだパイプ椅子の右側に腰かけた不知火が凜とした表情で答えた。左隣には駒込もいるが、彼は腕を組んで口を噤んでいる。さらに隣には柔井もいるが、多賀根は一切興味を示さなかった。

「ですから本件に関しましては、多賀根教授より当方へご依頼いただいた、という形にしていただきます。また民間業者ですから探偵料も発生します。そちらのお支払いもお願いします」

「見つけ出してくれるのなら、いくらでも払うよ」

「見つからなくても調査料金は発生しますのでご了承ください」

不知火は澄まし顔で返す。駒込はわずかに顔をしかめる。多賀根は頬杖を突いた。

「でもあんたは……」

「不知火です」

「……不知火先生は、考古学や文化財の知識はあるんだろうな。捜して欲しいのは発掘品なんだぞ」

「大学では心理学を専攻していました。現在も探偵業のかたわら、臨床心理士としての活動も行っております」

「心理学……それは、何の関係があるんだ？」

「まったく関係ありません。考古学や文化財にも一切興味はありません」

駒込が不知火の方を見るが、彼女は振り向かずに多賀根を見つめている。教授は頬杖の人差し指を伸ばして自分の頬をとんとん叩いていた。

「それで、見つけられると、思っているのか？」

「捜し物の捜索には慣れていますので、そちらの方は問題ないかと思います」

「財布や宝石とは違うんだぞ」

「わたしにしてみれば一緒です。お気にめさなければ、お知り合いの学者か発掘調査員にでもご依頼ください。ただし、それで目当ての物が発見される可能性は極めて低いでしょうね」

「ふん、大した自信だな」

「自信のない探偵に依頼される方はいませんよ」

不知火は軽く見下すような笑みを浮かべる。二つ隣で柔井がさらに縮こまっていた。

「探偵調査にも相応の知識と、経験に裏付けされたノウハウが必要ということです。見よう見まねでできる仕事ではありません。わたしが土を掘っても何も発掘できないのと同じことですよ」

多賀根はしばらく上目遣いで不知火の表情を見つめていたが、やがて鼻から息を噴くと勢いよく椅子から立ち上がった。

「分かった……不知火先生の言うことももっともだ。どうせならそれくらい無知でさばけていた方がいいだろ」

そう言って彼は皆に背を向けると、資料棚からファイルを探り始める。不知火は無表情のまま、口の中で軽く舌打ちした。

「……失敗したか。オヤジ、乗ってきやがった」

「お、おい不知火先生」

駒込が小声で呼びかける。

「先生はまさか、依頼を潰すつもりだったんじゃないだろうな」

「教授の方から断ってきたとなれば、刑事もうちも顔が立つでしょう。誰が真夏の屋外で調査なんてしたいもんですか」

「盗まれたのは国宝級の発掘品なんだぞ」

「奈良には国宝が多すぎます。おら、ハム太郎。しっかりハードル上げておいたから、気合い入れて捜せよ」

不知火が早口で返す。柔井は青ざめた顔でかたかたと震えていた。そうこう話している内に、多賀根が二枚の写真を不知火に手渡した。

「捜して欲しいのはこれだ。直刀《ちょくとう》で、飛鳥時代に作られた物と見られる発掘品だ」

一枚目の写真には白布の上に置いた一本の刀が写っていた。反りのない真っ直ぐな片刃刀。全面にわたって古釘のような赤錆が浮いており、刃こぼれも激しい。くわえて束の手前で分断されており、刃との間に隙間が見えていた。直刀の横にはメジャーも写っており、それによると刀身は約六〇センチ、束の長さは約一〇センチだった。

二枚目の写真には約三〇センチの木片が写っており、こちらも端々が朽ちていた。表面には墨で文字が書かれているが、損傷が激しく書体も古いため不知火には解読できない。辛うじて『犬』という文字だけが読み取れたが、それが何を意味するのかも分からなかった。

「その写真にある直刀の、刃の部分が盗まれたままだ。束の部分は回収した。木簡《もっかん》の方には手を付けられていなかった」

多賀根が話を続ける。

「飛鳥の南、板蓋宮跡から今月初めに発掘した物だ。地中に埋まっていた大きな石を詳しく調べてみたら、中をくり抜いて蓋をした箱だと分かった。それで開けてみたら、中からその直刀と木簡が出て来た。石の箱はかなり厳重に作られていたが、おかげで風化を遅らせることにもなっていたようだ」

「これは一体、どういう物ですか？」

　不知火は写真を隣の駒込に渡す。駒込はすでに目にしているらしく、そのまま更に隣の柔井に渡した。

「飛鳥時代の宝剣でしょうか？」

「そんなにありがたい物じゃない」

　多賀根はきっぱりと否定する。

「まずひとつに、直刀は最初から二つに折れていた。断面から見て風化ではなく、当時の人の手により故意に折られたものと思われる。さらに一緒に入っていた木簡が重要だ。先頭の数文字がかすれて読めなくなっていたが、残りの部分には『犬養連網田《いぬかいのむらじあみた》』と書かれているのは間違いないだろう。この名前に聞き覚えはあるか？」

「いいえ、不勉強なので存じ上げません。何者でしょうか？　教授の結論を教えてください」

　不知火は恥じることなく正直に言う。多賀根はうなずくと大きな目を鋭くさせた。

「ぼくはこれこそ、乙巳《いっし》の変《へん》で蘇我入鹿を斬った直刀だと推測しているんだ」

五

「乙巳の変は西暦六四五年の六月一二日、板蓋宮の大極殿で発生した」

多賀根はそう言って話を始めた。

「当時朝廷で絶大な権力を振るっていた蘇我入鹿に対して、皇極《こうぎょく》天皇の子である中大兄皇子《なかのおおえのおうじ》と、その側近の中臣鎌足《なかとみのかまたり》が決起。入鹿を誅して政権の奪取をはかった。古代史上、極めて重大な事件であり、世に聞く『大化《たいか》の改新《かいしん》』の幕開けとなる一大革命だ。

その経緯は日本書紀にも詳しく書き記されている。当日の大極殿で、かねてから計画していた通り内通者の合図により、中大兄皇子が臣下の佐伯連子麻呂《さえきのむらじこまろ》や葛城稚犬養連網田《かつらぎのわかいぬかいのむらじあみた》とともに突然入鹿に襲いかかった。入鹿は驚いて皇極天皇に自らの潔白を主張したが、中大兄皇子はそれに対して彼の罪、皇族を滅ぼして天孫に取って代わろうとしていることを訴えた。皇極天皇は何も言わずに殿中へと退き、中大兄皇子の行動を黙認した。そして入鹿はその場で斬られたということだ」

「つまりこの直刀は、その時に使われた武器であり、一緒に入っていた木簡に書かれていた名前、何とか網田がその証拠だという訳ですか？」

不知火は柔井の手から戻ってきた写真に目を落としながら尋ねる。多賀根はうなずいて返した。

「ちょっと待ってくださいよ、教授」

これまで黙っていた駒込が質問するように手を挙げた。

「乙巳の変で蘇我入鹿を斬ったのは、中大兄皇子本人ではないのですか？　わたしは彼が奴の首を刎《は》ねる絵を見ましたよ」

「ああ……少しは勉強してきたか、刑事さん」

多賀根が口を曲げて返す。駒込は喉の奥で唸った。

「刑事さんが見たのは、桜井《さくらい》市の談山《たんざん》神社が所有する『多武峯縁起絵巻《とうのみねえんぎえまき》』だろう。中大兄皇子が刀を振るって入鹿の首を刎ね飛ばしている。学校の教科書にも掲載されている有名なシーンだ」

「そう、たぶんその絵ですよ。だから……」

「あれが描かれたのは江戸時代だ」

「え、江戸時代？」

「一六六八年に絵師の住吉如慶《すみよしじょけい》とその息子具慶《ぐけい》が、中臣鎌足こと藤原鎌足《ふじわらのかまたり》の死後一〇〇〇年にちなんで制作した作品だ。だから彼らが着ている服も、大極殿の内装も飛鳥時代のものとはまったく異なっている」

「でたらめだと言うんですか？」

「当時は今ほど飛鳥時代には詳しくなかったということだ。刀だって江戸時代のものとは違い、反りも鎬《しのぎ》もない平造《ひらづく》りや切刃《きりは》造《づく》りの上古刀《じょうことう》だ。切れ味も悪く、一撃で首を刎ねるのは相当難しいだろう」

「でも、飛鳥には『入鹿の首塚』があるじゃないですか。刎ね飛ばされた入鹿の首がそこに落ちたという……」

「常識で考えてみろ。入鹿の首塚は板蓋宮から六〇〇メートル以上も離れているんだぞ。野球選手がホームランを打ってもそこまで飛ぶことはない。あそこに本当に入鹿の首が埋まっていたとしても、殺害した後に首を切って納めないと不可能なんだよ」

多賀根は学生に教えるように淡々と説明する。駒込はもう何も言えず口を閉じた。

「日本書紀に書かれている入鹿の最期は、『佐伯連子麻呂　稚犬養連網田　斬入鹿臣』とあり、分かっているのは子麻呂と網田が入鹿を斬ったということだけだ。中大兄皇子が斬ったとも書かれていなければ、誰かが入鹿の首を刎ねたとも書かれていない。絵巻に描かれているシーンは、後の人間が、しかも功労者である中臣鎌足の子孫が、歴史の一大事件を印象づけるために描かせたフィクションだ」

「真実は、網田が斬り殺したものであった、と教授はお考えなんですね？」

不知火が代わりに尋ねる。多賀根はそうだと答えた。

「乙巳の変以降、網田に関する記録は一切残されていない。中大兄皇子は後に天智《てんち》天皇となり、中臣鎌足は先の通り藤原姓を受けて藤原氏の開祖となった。佐伯連子麻呂は六六六年に病に倒れ、ほどなくして死去したと思われる。死後に高位を授けられた。

しかし網田については何も分かっていない。それは彼が中大兄皇子の臣下の一人に過ぎず、他の者たちよりも身分の低い人物であったと思われるからだ。それにもかかわらず、彼の物と思われる直刀が、まるで封印するかのごとく二つに折られて石の箱に収めて、宮中の地中に埋められていた。考えられることといえば、鎮魂、あるいは呪い封じ。そうなるとやはり、最高権力者、蘇我入鹿を斬ったことへの畏れによるものだろう」

「それが事実であれば大発見なんですね？」

「もちろんだ。入鹿殺害の真相ばかりではない。謎に包まれた板蓋宮の構造や、当時の祭礼や儀式、死生観まで探ることができる。学会に発表すれば、日本史を揺るがす大発見と認められるだろう」

多賀根は太い腕を組んでうなずく。不知火もなるほどとうなずいた。

六

「盗まれた発掘品が大変貴重な物であることは充分に分かりました。ではこちらより調査に関する質問をさせていただきます」

　不知火はようやく本題を切り出す。多賀根の言う通り、たしかに財布や宝石を捜すこととは訳が違う。しかしそれで彼女の自信が揺らぐことはなかった。

「まず、その『網田の直刀』はどこに保管されていましたか？」

「隣の資料室だ。後で見てもらうつもりだが、奥の棚に保管していた。その鍵はぼくが持っていたが、いつもこの机の抽斗に入れていたんだ」

　多賀根は目の前にある机を示す。口調が慣れているのは先に警察にも証言していたからだろう。

「この研究室にも鍵をかけているが、合鍵は研究員の全員にも渡している。なにせぼく自身、取材だ発表だとあちこち飛び回っているからな。好きに使ってもいいようにしていた」

「鍵を所持している研究員は何人おられますか？」

「六人だ。溝端卓《みぞばたすぐる》君、能美速希《のうみはやき》君、佐治《さじ》まどか君、桑畑虎雄《くわばたとらお》君、坂巻奈々子《さかまきななこ》君、そして殺害された大串彰正君だ」

「つまり大串さんが直刀を盗むことは造作もなかったということですね」

「ああ……彼がそんなことをするなんて、想像もしていなかった」

多賀根は苦悶の表情を浮かべる。憎むべき窃盗犯は教え子の一人であり、しかも当人はその日の内に何者かに殺害されてしまった。やるせない思いが顔に表れていた。

「……態度は不真面目でレポートも雑だが、面白い奴だった。机にかじりついているよりは現場で汗を流す方が好きな奴だったよ」

「お気持ちをお察しします。それにしても大串さんは直刀を盗んでどうするつもりだったのでしょうか？」

「分からない……あいつが手に入れたところでどうしようもない。価値があると言ってもまだ考証前だから、骨董品屋に売ることもできないだろう」

「殺害された場所は、その発掘現場だったと聞きました。それはどう思いますか？」

「埋め直しても仕方がないし、他にも何か埋まっているかと思ったのか。いや、それにしたって直刀を盗む意味はないな……」

多賀根は迷うような素振りで口籠もる。不知火はそれ以上追及せずにうなずいた。

「では質問を変えます。事件当日、八月七日の夜。多賀根教授ご自身はどこで何をされていましたか?」

「ぼく? それが直刀の捜索に何か関係があるのか?」

「盗まれた発掘品も、盗んだ大串さんも、見失った現場も、教授と研究員の皆さんに関係していることです。疑いがなくとも聞かれるのは警察でご経験済みだと思います。それよりは緩やかなつもりですのでご了承ください」

不知火は頭を下げて伝える。民間の探偵業者である手前、隣の駒込に聞く訳にもいかず、駒込も答えるわけにはいかない。多賀根もその意味に気づいて溜息をついた。

「七日は午後から大阪のガレージに行って、夜はそこの社長と、さっき紹介した溝端君と一緒に酒を飲んで過ごしていたよ」

「大阪のガレージというのは何ですか?」

「チューニングショップだよ。ぼくは車が好きでね、自分の車をあれこれいじっている。ショップの社長とも顔馴染みだ。溝端君もその仲間だ」

「お酒を飲んで過ごしていたということは、その日は帰らなかったのですね?」

「ああ。みんな一緒にガレージで寝るのが定番だ。ぼくはそういうのにも慣れている。大串君の事件は朝になって大学から連絡が入った。それで慌てて飛鳥へ帰って来たんだ」

不知火はちらりと駒込を見る。彼はすでに聞いている話らしく、うなずいて証言に差違がないことを示した。駒込の向こうでは柔井が固まっている。

「おい、ハム太郎」

「は、はい。ごめんなさい！」

ふいの呼びかけに柔井は慌てて反応する。多賀根が豹変した不知火に少し驚いた表情を見せた。

「ボケッとしてんじゃねぇ。お前からも何か教授に聞きたいことはあるか？」

「は、はい、えと……」

柔井はしばらくまごついた後、あらためて口を開いた。

「その……蘇我入鹿の呪いって、本当にあるんでしょうか？」

「それを聞いてどうすんだよ！　このへたれ」

「し、不知火先生、落ち着いてくれ。俺が叱られているみたいだ」

間に挟まれた駒込が渋面を見せる。

「呪いというのは、考古学の文化研究においても重要な内容だ。石箱に封印された網田の直刀にしてもその側面が窺えるだろう」

多賀根は首を傾げつつ答える。

「……ただ、それで大串君の事件を語るとするならば、警察も探偵も仕事がなくなるんじゃないか？」

「あ、はい。まさに仰る通りですね……」

柔井はなぜか笑みを浮かべながら、うつむいて頭をがりがり掻いた。

「ええと……それじゃあ、ぬ、盗まれた直刀って、誰が発見したんですか？」

「え？　君は何を言っているんだ？」

「どいてください駒込刑事。ここからじゃ手も足も届かないんで」

「だから落ち着けって、不知火先生」

立ち上がろうとする不知火を駒込が押さえる。柔井はごめんなさいごめんなさいと全方向に謝っていた。

「て、手に入れたのが多賀根教授なのは分かっています。そうじゃなくて、見つけたのは……」

「最初に掘り当てた、という話なら溝端君だ」

多賀根はようやく理解して答える。柔井は小刻みにうなずいた。

「そう、そう言いたかったんです。だからその、大串さんは溝端さんが発掘した功績を自分のものにしたくて、直刀を盗んだのかなって思って」

「ああ……いや、それは考えにくい話だな」

多賀根は少し考えてから返す。

「掘り当てたのは溝端君でも、掘らせたのはぼくだ。『網田の直刀』を学会に発表すれば、ぼくと発掘チームの発見となるだろう。彼らもそれくらいは分かっている。だから溝端君や大串君が取り合いになることなんてないはずだ」

「そ、そうなんですか……じゃあ、大串さんは多賀根教授の手柄になるのを嫌って盗んだとか……」

「それでぼくが怒ってあいつを殺したとでも？」

「え？　あ、そうか……そうなんですか？」

柔井が驚いて顔を上げる。不知火はヒールの片方を脱いで手に取ると、そのまま大きく腕を振って彼の額を叩いた。

七

不知火たちは多賀根との話を終えると、隣の資料室へと足を運ぶ。『網田の直刀』が盗まれた部屋にはスチール製の棚が何列も並んでおり、多数の発掘品や資料が整理して保管されていた。隅の一角には現在使っているであろう発掘道具が並べられている。中央には広いテーブルがあり、調査器具や広げられた書籍などが乱雑に置かれている。そこには男女二人の研究員が席に着いていた。

「佐治君、桑畑君。作業中に悪いが、ちょっと探偵さんの調査に付き合ってくれ」

多賀根は二人に呼びかける。佐治まどか、二五歳。桑畑虎雄、二四歳。二人ともこの研究室に所属する大学院生だった。

「多賀根教授。盗まれた直刀はどこにありましたか？」

不知火は部屋を見渡しながら尋ねる。

「奥の棚の七二番だ。警察から返してもらった直刀の半分と木簡がある。下の棚にあるのは、それらが入っていた石箱だ」

多賀根は指を差して示す。不知火の目線よりやや下にあるその棚には白布を敷いたトレイがあり、その上に写真で見た直刀の束部分と木簡が置かれていた。

「さすがに損傷が激しいですね。脆《もろ》くて壊れそう。石箱も、なるほどちょっと見た感じではただの石にしか見えませんね。よく見つけたものです」

「触れるなら手袋を着けて慎重に扱ってくれ」

「いえ、恐いので結構です。ハム太郎はどうだ？」

「ぼ、ぼくも、恐いので結構です。呪いが……」

柔井はろくに見もせず断る。不知火は棚から離れるとテーブル近くの空いた席に腰を下ろす。多賀根と駒込もその付近に座った。

「探偵の不知火と柔井です。佐治さん、桑畑さん、早速ですが少々お時間いただけますでしょうか」

「探偵？　探偵さんが何の用ですか？」

佐治がぶっきらぼうに声を上げる。目付きが鋭く、年齢の割には化粧の濃い女。金髪に近い髪が額に垂れ下がっていた。

「多賀根教授から直刀の捜索を依頼されました。佐治さんも関係者ということで、少しご質問させてください」

「ああ……別にいいですけど」

「直刀が盗まれた当日、佐治さんはどこで何をされていましたか？」

「そこの警察のおじさんにも言いましたけど、友達と遊んでいました。泊まりがけで名古屋まで」

「じゃあ直刀が盗まれたことも、大串さんが殺害されたこともその後に知ったんですね？」

「次の日に溝端さんから電話があったんです。それよりも探偵さん、犯人を捕まえてよ」

「それはわたしじゃなくて、そこの警察のおじさんの仕事ですから」

「だって、おじさんに言っても聞いてくれないんだもん」

「そんなことはないです。ちゃんと聞いていますよ」

駒込はおじさん呼ばわりにもめげずに返答する。

「佐治さんのお話も手掛かりになっています。しかし捜査は慎重に進めなければなりませんから」

「絶対、あいつが彰正を殺したんだよ」

「誰のことですか？」

不知火が素早く口を挟むと、佐治は顔を向けて睨んだ。

「奈々子ですよ。坂巻奈々子。あいつが犯人だって言ってんですよ」

「坂巻奈々子さん、同じ研究員の方ですね」

「おい、佐治君」

多賀根が顔をしかめる。だが不知火が軽く目を向けて彼を制した。

「佐治さんは、どうして坂巻さんが大串さんを殺害した犯人だと言うんですか？」

「だってあいつ、彰正に二股かけられているのを知って怒ったんですよ」

「大串さんが二股を？　それは坂巻さんと誰ですか？　同じ大学の人ですか？」

「わたしですよ。わたしが彰正と付き合ったから、奈々子が怒ったんですよ」

佐治は拳でテーブルを叩いて訴えた。

「元は彰正と奈々子が付き合っていたんだけど、わたしの方が彼と仲良くなったんです。それで彼が奈々子と別れることになったから怒ってたんですよ。でも、そんなのこっちの勝手じゃないですか。捨てられるあいつだって悪いんだから。それで彰正を殺すなんて最低ですよ」

「佐治君、やめなさい」

多賀根が再び声を上げる。

「確たる証拠もなく、感情だけで決めつけるのはだめだ。それに不知火先生は警察じゃない」

「教授、発掘品よりも彰正を殺した奴を捕まえる方が先じゃないですか！」

「だから殺人犯の捜査は警察に任せて、直刀の捜索は探偵に依頼したんだ。君だってあの直刀の価値は分かっているだろ！」

「お二人とも、どうか落ち着いてください。わたしは殺人事件の捜査をしている訳ではありません」

不知火は落ち着きのある声で二人を抑えた。

「わたしへのご依頼は、あくまで直刀の捜索です。殺人事件についてのお話は、こちらの駒込刑事にお願いします」

駒込は黙ってうなずく。その強面を見て佐治も多賀根も口を噤んだ。

「しかし殺人事件は直刀の捜索とも密接に繋がっています。佐治さんは、どうして大串さんが研究室から直刀を盗んだと思いますか？　先ほどの恋愛の話や、坂巻さんの話とは関係ないように思えるのですが。それに大串さんは夜中に発掘現場で何をしていたのでしょうか？」

「それは、わたしにも分かんないけど。あの日は彰正と連絡も取ってなかったし、何してたんだろ……」

佐治はぼそぼそと答える。不知火が見る限りでは、その言葉に嘘はないように思えた。

「呪いだよ」

ふいに佐治の背後から低い声が聞こえる。皆が目を向けると、大柄でぼさぼさ頭の男、桑畑虎雄が口を開いた。

「大串は、蘇我入鹿の呪いで死んだんだ」

八

桑畑は暗い顔を向けて話す。むくんでいるせいか不機嫌そうな表情にも見えた。

「大串は網田の直刀を握り締めたまま、真夜中の発掘現場で死んでいたんだ。そんな状況、まともじゃないよ。入鹿が、自分を殺した直刀の主を呪い殺したんだよ」

「呪われた剣、ということですか？」

不知火はちらりと棚の方に目を向ける。その途中に青ざめた柔井の顔が見えたが無視した。多賀根や駒込が何も言わないところを見ると、桑畑が『入鹿の呪い』を主張する本人のようだ。

「桑畑さん。わたしは呪いのことはよく知りません。でも、もしそんな話が通るなら、たとえば今までに発掘された武器や道具にも、様々な人の呪いがあるんじゃないですか？」

「入鹿の恨みはもっと深いんだよ。中大兄皇子や稚犬養連網田だけじゃない。一四〇〇年もの間、俺たち全員を呪っているんだ」

「わたしたち全員を？」

不知火が聞き返すと、桑畑は顎を首に押し込むようにうなずいた。

「入鹿が殺害された乙巳の変が起きたのは西暦六四五年。でもその事件を伝える日本書紀が記されたのは、七五年も後の七二〇年だ。時代は奈良時代に移り、都は蘇我氏が作り上げた飛鳥京から、天智天皇と藤原鎌足の子孫たちが開いた平城京に移っていた。しかも日本書紀

ことですか？」

「……歴史は強者によって作られる。入鹿は後の権力者によって、故意に貶《おとし》められたという

の編纂にあたったのは、天智天皇の甥の舎人親王《とねりしんのう》だ。探偵さんにはこの意味が分かる？」

不知火の返答に桑畑は再びうなずいた。

「乙巳の変は、権力者交代のクーデターだった。独裁体制を打ち破ると言えば聞こえはいいけど、やっていることは武力による政権奪取に他ならない。入鹿を討ち蘇我氏を滅ぼした中大兄皇子と中臣鎌足は、自らの正当性を明らかにする必要があったんだ。日本書紀はそのために編纂されたんだよ」

「つまり桑畑さんは、日本書紀の内容は真実ではなく、入鹿は決して悪人ではなかったと仰るんですね？」

「蘇我入鹿の本名は、蘇我大郎《そがのたいろう》 林 臣鞍作《はやしのおみくらつくり》。彼は名前すらも蔑称に変えさせられて、国家の大悪人として現在まで語り継がれることになったんだ。世間の人はそこまで知らない。学校でもそんなことは習わない。俺たちは知らない内に、彼と彼の一族を迫害し続けているんだ。それでも無事に過ごせたのは、あの網田の直刀によって呪いは封じ込められていたからだ。でもそれが今、解き放たれたとなると……」

「いい加減にしないか、桑畑君」

多賀根が厳しい口調で桑畑を叱った。

「そんな空想を刑事さんや探偵さんに話してどうする。今はそんなことを言っている場合じゃないんだよ」

「きょ、教授、俺は、あれにかかわるのは危険だと警告しているんです」

「おい、君はそれでも研究員か。消えた直刀の半分を放っておく訳にはいかないだろ。大串君を殺した犯人だって見つけなきゃならないんだ」

多賀根はさらに語気を強める。桑畑はふて腐れたように口を噤んだ。

「桑畑さんの古代史の話も興味深いです。歴史には様々な解釈があるんですね」

不知火はあくまで冷静に感想を述べる。

「しかし、その入鹿の呪いが大串さんを襲ったというのは不思議です。呪うならまず発掘責任者の多賀根教授か、実際に直刀を掘り当てた溝端さんじゃないですか？」

「……怨霊がそんな細かい区別をするもんか。俺らはみんな発掘にかかわっていたんだ」

「ではそんな危険なことが起きていた事件当日、桑畑さんはどこで何をされていましたか？」

「俺に何の関係があるんだよ。そんなの言う必要ないだろ」

入鹿の呪いを主張する桑畑は譲らない。

「それに、ただの探偵にそんなことを聞く権限はないよね？」

「もちろんありません。だからお願いしています」

不知火はじっと目を向ける。桑畑は何も言わずに顔を逸らした。

「……では、探偵としてその情報を買わせていただけませんか？」

「情報を買うって、いくらで？」

「いくらでも。一万円でも、一〇万円でも結構です」

「本当に？」

「調査に必要な情報ですから問題ありません。お支払いする金額につきましては、わたしから後日ご依頼人の多賀根教授に、必要経費としてご請求させていただくまでです」

「おい、桑畑君。つまらない意地を張るのは止めてくれ。すでに警察には話したことじゃないか」

多賀根は溜息混じりに言う。彼もそんな理由で料金を上乗せされてはたまらない。桑畑も答えざるを得なくなった。

「……別に、あの日は家でゲームをしていただけだよ。それで深夜になってそのまま寝た。一人でいたから誰にも証明できないけど、そうだよ」

「よく分かりました。ありがとうございます」

不知火は微笑んで頭を下げる。その穏やかさが恐い。研究室の者たちも、ようやく彼女が只者ではないと分かってきた。

「わたしからの質問は以上です。あとは……おい、ハム太郎。お前からも何かあるか？」

「ど、どうしましょう、彩音先生……」

柔井は桑畑の陰気さが伝染したかのような暗い顔で首を振っている。

「そ、蘇我入鹿にそんな深い恨みがあったなんて。このままじゃぼくたちも、ただじゃ済みませんよ」

「……まあ、お前はもうそれでいいや。おら、質問がねぇならさっさと行くぞ」

「あ、お、お祓《はら》いですか？」

「直刀を捜しに行くんだよ！　駒込刑事、現場への道案内をお願いします」

不知火はそう言って椅子から立ち上がる。男二人も慌ててそれに従った。

九

不知火と柔井と駒込の三人は、大串の殺害現場にもなった板蓋宮跡を訪れる。貴嶋大学の北東にある田園地帯の一角。炎天下に広がる芝生の中、四角く石が敷き詰められた遺跡がひっそりと存在していた。

「石敷井戸《いしじきいど》という井戸の遺跡らしい。ここに板蓋宮があった頃に使われていたそうだ」

駒込は遺跡のかたわらに停めた自動車の陰に腰を下ろしている。不知火はその隣に立って白い日傘を差していた。柔井はそこからやや離れた場所にある、石敷井戸のそばの発掘現場をうろついている。薄茶色の地面にはやや深い穴が空いており、周囲には木の棒が立てられて黒色と黄色のトラロープが渡されている。穴は直刀が収められていた石箱を掘り出した跡であり、大串彰正が殺害されたのもその近くだった。

「この地は時代とともに複数の宮殿が建て替えられていたらしい。板蓋宮もそのひとつだが、時代が古い上にいくつもの遺跡が層になっているから発掘には難儀するそうだ。だからここで『網田の直刀』が見つかったというのは、歴史を考証する上でも大変重要な手掛かりになるんだ」

「へえ……少しは勉強してきたか、刑事さん」

不知火は多賀根の口調を真似て返す。駒込は思わず顔をしかめた。

「その古代史上の大発見が、窃盗とその後の殺害の動機になり得ますか？」

「それは分からん。大串はそこで何者かに背中を刺されて殺されていた。時刻は深夜一時付近。左手に直刀の束の部分を握っていて、辺りにはシャベルや野帳《やちょう》とかいう発掘の記録ノートなどが散乱していた」

「殺害した凶器は見つかっていますか？」

「いや、まだ見つかっていない。だが傷口から推測するに包丁やナイフじゃない。山形をした両刃の物だ」

「一体何ですか？　それは」

「鑑識によると、どうやら『三角ホー』という道具らしい。知っているか？　鍬《くわ》の先がスコップみたいになった奴だ。先端と両側が鋭くなっているから、雑草刈りと土掘りが両方できて重宝する。園芸や発掘調査に使われる道具だ」

「そこにも発掘調査が関係しているんですね」

「ああ。ただ道具自体は珍しい物じゃない。園芸用品の店やホームセンターなどでも簡単に買えるそうだ」

「大串彰正の身辺はどうでしたか？」

「普通の大学院生だ。やんちゃ者のようだが、特におかしな付き合いもなさそうだ。桜井市のマンションに一人暮らしをしている。出身は福井県らしい」

「か、勝山《かつやま》ですか？」

遠くにいる柔井が声を上げる。不知火は日傘をわずかに傾けた。

「何か言ったか？　ハム太郎」

「えと、だから、大串さんの出身地が、福井県の勝山市でしょうか？」

「ああ、たしかそうだった。そんな遠いところからよく聞こえたな」

駒込は太い声を返す。

「でもどうして君が知っているんだ？」

「だって、あそこ、恐竜の化石発掘で有名だから。大串さんの発掘好きは筋金入りかもしれません」

「お前が捜すのは化石じゃなくて直刀だ。余計なこと言ってないで調査を続けろ」

不知火は声を上げて日傘を戻す。柔井は慌てて返事をすると、その場にしゃがんで土を掘り始めた。さすがにスーツの上着は脱いでおり、白いワイシャツを腕まくりしている。ただ忘れているのか気にしていないのか、ストライプのネクタイはそのまま首に巻かれていた。

「駒込刑事。先ほどの多賀根教授たちの話ですが、裏は取れていますか？」

「ああ。多賀根教授は事件当日、大阪の天王寺《てんのうじ》にある『光波《みつなみ》自動車』というチューニングショップにいた。研究員の溝端卓も一緒だ。そこの光波社長によると、教授は高校時代の先輩で、頻繁に通ってくれるお得意様だそうだ」

「佐治まどかはどうですか？　坂巻奈々子という人が犯人だと言っていましたけど」

「事情は分かるが証拠はない。事件当日、坂巻奈々子は家で家族と一緒にいた。佐治まどかは友達と名古屋へ旅行していた。その友達にも確認を取った」

「桑畑虎雄は？　事件当日は家に一人でいたと認めていましたけど」

「言うなれば彼だけはアリバイがないな。大学内の寮に住んでいるが、他の学生との交流もほとんどないらしい。おまけにあの言動だ」

「入鹿の呪い、ですか」

不知火はひと気のない閑散とした遺跡を見渡す。まぶしく照らされた風景からは寂しさはあっても怨霊の呪いは感じられなかった。

「……ま、そっちの犯人捜しは駒込刑事のお仕事ですね。うちは直刀を見つければ依頼達成です」

「そっちだって一筋縄じゃいかんぞ」

駒込はハンカチで汗を拭いた後、広げて頭に被せた。

「大串の家や周辺はすでに警察が捜索済みだ。友人や知人も預かっていないし、福井県の実家にも送られていなかった」

「それはそれは、先に調べていただいて助かります。コインロッカーや貸金庫はどうでしょうか？」

「近鉄飛鳥駅や近隣駅のコインロッカーを調べたが見つからなかった。貸金庫の類はこの辺りにはない。大串は大学の研究室から直刀を盗んだその夜に殺されているから、遠くまで行って隠す時間はなかったはずなんだ」

「そうなると、殺人犯が奪って逃げた可能性が高そうですね」

「ああそうだ。しかもあれの価値が分かる奴は限られている。だから犯人を絞って家宅捜索をすれば見つかりそうなものだが……」

「多賀根教授がさっさと直刀を捜せとうるさい」

「まったく、こっちにも段取りってもんがあるんだよ。ああくそ、暑いなちきしょう」

駒込は胸ポケットの扇子を広げてパタパタ扇ぐ。

「その動作、オヤジ臭いから止めた方がいいですよ」

「いいんだよ！　俺はもうオヤジだから！」

「おーい、ハム太郎。何か見つかったか？」

不知火は顔を上げて柔井を呼ぶ。屈んで地面を見ていた彼は腰を上げて振り返った。

「あ、彩音先生。それがその……ちょっと見に来てもらってもいいですか？」

「暑いから嫌だ。お前がここまで持って来い」

不知火は即座に拒否する。柔井は地面から何かを手に取ると、大汗を流しつつ引き返して来た。

「あ、あの、網田の直刀はどこにも見当たりませんでした。ごめんなさい……」

「当たり前だろ。ここは警察が調べまくったんだ。ある訳ねぇだろ」

「そうですね……でも、その代わりに妙な土を見つけました」

柔井はそう言って両手を開いて見せる。左右の手には現場の土が握られていた。

「右の土は、この辺り一帯の土です。でも左の土は、大串さんが殺害されていた場所だけに、ちょっとだけ落ちていた土です。こんな風に、色と粒の大きさが少し違っているんです」

「わたしにはまったく同じ土にしか見えない」

「現場を捜査した警察官の靴から落ちたんじゃないか？」

駒込も立ち上がって柔井の手を見る。彼は首を振って否定した。

「この土は、例の石箱が埋まっていた穴の中から多く見つかりました。警察官が穴の中にまで足を入れたとは思えません。だから大串さんが、土の付いた手やシャベルで穴を掘っていたんだと思います」

「それで何が言いたいんだ、お前は」

不知火はもう土から目を離して柔井を見る。

「つ、つまり、大串さんは大学の研究室から直刀を盗んだ後、ここへ来る前に別の場所へ行ったと思うんです。そこは土の感触からして、たぶん別の遺跡です。どこかは分かりませんけど、そこに直刀の半分、刃の部分があると思います」

「じゃあ大串は、直刀の半分を別の遺跡に隠して、もう半分を持ったままここで殺されたって言うのか？　何がしたかったんだ？」

「そ、それは分かりませんけど……」

「それに柔井君。あの直刀は国宝級の一品なんだぞ」

駒込も口を挟む。

「大串だってその価値は分かっていたはずなのに、野外に置き去りになんてするか？　雨でも降ったら大変なことになるぞ」

「そ、それもそうですよね。じゃあ違うのかな……」

柔井は自信をなくして両手の土を零《こぼ》す。状況から推測される不可解な行動。不知火は少し間を空けてから口を開いた。

「駒込刑事、この近くに他の遺跡はありますか？」

「明日香村は遺跡だらけだ」

「大串が関係している遺跡は？」

「急にそんなことを言われても……ああ、たしかきょうは、飛鳥寺《あすかでら》の西の発掘現場で溝端卓や坂巻奈々子が発掘作業しているらしい」

「ちょうどいい。じゃあ手始めにそこへ行ってみましょう。おい、ハム太郎。今の土をもう一回集めて来い」

不知火は柔井にそう指示すると、日傘を畳んでさっさと車に乗り込んだ。

一〇

飛鳥寺西方《せいほう》遺跡は板蓋宮の北西、蘇我氏の氏寺であった飛鳥寺の西にある発掘現場だった。田園地帯が広がる中、三〇メートル四方にわたって地面が掘り剝がされている。二〇人ほどの調査員たちが身を低くして発掘作業を続けているのが見えた。

「西方遺跡には日本書紀に登場する『槻《つき》の木の広場』があったとされている。中大兄皇子と中臣鎌足が、蹴鞠を通じて運命的な出会いを果たした場所だそうだ」

駒込は車を降りるなり不知火に紹介する。現場では麦わら帽子を被った男や、頭部をすっぽり包む農帽を被った女たちが道具を使って丹念に作業にあたっている。中年世代が目立つが、まれに学生らしき若者も交じっているのが見えた。

「そっちにあるのは、俺が多賀根教授にも話した『入鹿の首塚』だ。板蓋宮で中大兄皇子に刎ねられた入鹿の首が落ちたと言われている場所だ」

「多賀根教授の言う通り、たしかにさっきの場所からは離れすぎていますね」

不知火は首塚を一瞥してつぶやく。首塚は墓石や盛り土ではなく、五段の石を積み重ねた高さ一五〇センチ程度の五輪塔《ごりんとう》だった。飛鳥寺から続く石畳の終わりにぽつんと立っており、屋根もなく吹きさらしのまま残されている。正面には献花台が設けられており、ミソハギやホオズキの仏花が供えられていた。

「しかし先生、中大兄皇子と中臣鎌足が出会った場所のすぐ近くに入鹿の首塚というのも、何やら象徴的とは思わんか」

「はい……因縁というか、やっぱり入鹿の呪いによる仕業だと思います」

柔井が不知火に代わってぼそぼそと答える。頬を伝う汗は暑さによるものか、恐怖によるものか彼自身にも分からなかった。

「じゃあさっさと直刀を捜して来いよ。見つからなかったらお前、呪われるからな」

不知火は畳んだ日傘を振りかぶると、後ろから彼の首を叩いた。

駒込は現場の責任者を見つけると声をかけて直刀捜索の許可を得る。そして柔井を呼んでその場に残すと、代わりに三人の若い男女を連れて不知火の下へと戻って来た。

「多賀根研究室の三人だ。溝端卓君と坂巻奈々子さんと能美速希君。彼らも事件の捜査に協力していただいている。皆さん、作業中に申し訳ないが少しだけ話に付き合ってください」

　駒込の紹介を受けて不知火と三人は挨拶を交わす。

「溝端さん。多賀根教授に伺ったところによると、あなたは事件当日、教授と一緒に大阪のチューニングショップにいたそうですね」

「ええ、そうです。昼過ぎから教授の車に同乗して、光波さんの店に行きました」

　溝端は淀みなく答える。研究員の中で最年長の二七歳。麦わら帽子の下は眼鏡をかけた日焼け顔の青年だ。多賀根から聞いた通り、彼も事件の夜はショップのガレージに寝泊まりして飛鳥には戻らなかった。

「大串さんの事件は、いつどこでお聞きになりましたか？」

「それは翌朝になってから、教授から電話があって伝えられました」

「……多賀根教授から電話を？　教授もご一緒ではなかったんですか？」

「ああ、いえ、朝に大学から教授に電話があって、俺は教授から話を聞きました。すみません、内容を端折りました」

　溝端はやや戸惑いを見せる。不知火は特に追及せずに話を続けた。

「溝端さんは事件について、何か気づくことはありますか？　どうして大串さんは直刀を盗んだのかとか、どうして殺されてしまったのかとか」

「いや、まったく寝耳に水の話です。大串は、まあ遊び人で荒っぽいところもありましたけど、誰かに恨まれて殺されるような奴じゃありません」

「あの直刀を発見されたのは溝端さんだそうですね。それについて大串さんは何か言っていましたか？」

「信じられない、とは言っていました。でもそれは俺たちも同じ気持ちです。教授でさえ、えらいもんが出てきたぞと驚いていましたから」

「溝端さんが最初に見つけたことを、大串さんは悔しがったりはしていませんでしたか？」

「いや、それは考えられないですね。あの発見は多賀根教授の功績です。俺たち研究員は言われるままに掘るだけです」

不知火は他の二人にも目を向ける。彼らも当然とばかりにうなずいた。

「よく分かりました。では、次に坂巻さん。あなたは当日、家で家族とおられたと聞いています。ご実家にお住まいなんですね？」

「は、はい。大和高田市《やまとたかだ》に家があって、あの日も家で過ごしていました」

坂巻奈々子が控え目な調子で答える。二三歳で地味な印象のある黒髪の女。農帽にグレーの作業着を身に着けているが、日焼けに気を遣った顔は高校生のように初々しかった。

「坂巻さん、ちょっと来ていただけますか」

不知火はそう言うと彼女を連れて駒込の車の裏へと回る。駒込は溝端と能美に待つよう伝えて自らも留まった。

「ごめんなさい坂巻さん。プライバシーに関することなので一人になっていただきました」

不知火は坂巻と二人になると話を続ける。

「お聞きしたいのですが、坂巻さんは大串さんとお付き合いしていたというのは本当ですか？」

「それは……はい、そうでした」

坂巻は小声だがはっきりと認める。

「でも今は、大串さんは佐治さんと付き合っていたそうですね。そこには何か揉め事でもあったんでしょうか？」

「揉め事なんてそんな……その、わたしの方からもう別れようと言ったことなので」

「坂巻さんの方から話を持ち出したんですか。大串さんはそれについてはどうでしたか？」

「大串さんも、わたしとは合わないと気づいていたはずですから、お互い納得して別れられたと思います。同じ研究チームだし、後腐れがないようにしようと二人で決めました」

「では佐治さんはその後に大串さんと付き合い始めたんですか？」

「それはちょっと、微妙です。別れる前から会うようになっていたみたいです。わたしの方もそれを知って、大串さんとちゃんと別れようと思ったんです。でも佐治さんがきっかけでもないんです。あの、分かりますか？　こういう話」

「はい。よく分かります」

不知火は微笑んでうなずく。佐治は、坂巻は大串に二股をかけられて恨んでいたと言っていた。しかし彼女の心境はそれとは異なるものだった。

「いざこざにも発展しかねない話ですが、坂巻さんが賢く誠実な方だから穏便に収められたんでしょうね」

「そんなつもりはありませんけど……」

坂巻は謙遜して首を振る。不知火は言葉を続けた。

「でも、それについては、たとえばご家族の方からは何か言われたりしませんでしたか？　探偵をしていると遭遇することもあるのですが、たまにお父さんなんかが話に絡んできて大事になったりするようです」

「い、いえ。家族には言っていない話なんで、父も何も知りません」

坂巻は慌てて否定する。

「あ、あの、不知火先生。この話は、うちの家族にも伝わったりするんでしょうか？　大串さんの事件も、家族には一切関係のないことなんですが……」

「大丈夫です。直刀の捜索とも関係ないでしょうから、わたしの方からご家族に話すことはありません。警察からご家族への聞き込みはあるかもしれませんが、さっきのような話は不要だと駒込刑事にも伝えておきましょう。ご安心ください」

不知火は優しい目差しでそう言うと、うなずく坂巻の肩を軽く抱いて駒込と他二人の下へと引き返した。

「お待たせしました。それでは能美さんも事件当日についてお聞かせください」

呼びかけに応じて能美は口を開く。能美速希、二六歳。背が高く、麦わら帽子の下は長髪。健康的でスポーツマン風の印象だった。

「俺はあの日はバイトだったよ。橿原《かしはら》駅前にある『あそべの郷《さと》』って居酒屋で働いているんだ。終わったのは午前三時を回っていたから、警察が言っていた大串の事件が起きた時刻も店にいたよ」

「事件について何か思うことはありますか？」

「ああ。俺はどう考えても普通じゃないと思いますよ。大串が網田の直刀を盗んだことも変だし、板蓋宮跡にいたことも、そんなところで殺されたこともおかしい」

「そうですね。その動機が分かれば色々と判明しそうですが、皆さんも口を揃えて分からないと仰います」

「俺は桑畑が怪しいと思うんですよ」

能美ははっきりと言う。溝端と坂巻が驚いて顔を上げた。

「不知火先生、あいつ、大串が殺されたのは蘇我入鹿の呪いだって言ってるんですよ。おかしいと思いませんか？」

「その話はわたしもお聞きしました。無念を抱いて殺された入鹿が、一四〇〇年も呪い続けているとか」

「あいつ、そういうオカルト話が好きなんですよ。おまけに陰謀論も好きだから、不遇な最期を遂げた入鹿を信奉しているんです。それで考古学をやっているんだから質が悪い。直刀が発見された時だって、呪われるぞ、たたりが起きるぞってビビッていたんですよ」

「能美さんは、呪いなんてあり得ないと仰るんですね？」

「そんなの気にしてちゃ発掘なんてできませんよ。歴史考証でも間違いの元になりかねない」

「でも実際に直刀は盗まれて、大串さんは殺害されました。不幸な事件は起きていますね」

「だから先生、そこが怪しいんですよ。陰謀論は、言い出しっぺが実証することもあると思いますよ」

「やめろよ、能美。刑事さんだっているんだぞ」

溝端が見かねて声を上げる。駒込は何も言わずに顔の前で扇子を振っていた。不知火が気にせず口を開く。

「皆さんは、桑畑さんをあまりよく思われていないのでしょうか？」

「いえ、先生、そんなことはありません」

溝端が首を振って否定する。

「桑畑は桑畑で、頑張っています。能美の話も分かりますが、桑畑の推測だって歴史の発見には重要なことです。教授も期待しています」

「でも溝端さん。だからって入鹿の呪いが大串を殺したなんて推測、飛躍しすぎですよ」

能美が呆れた風に返す。溝端は眉間に皺を寄せた。

「それなら桑畑が大串を殺したなんて話も飛躍しすぎだろ」

「そうですか？　あいつ、現場至上主義者の大串から『妄想野郎』って馬鹿にされていたじゃないですか。同じ呪いなら、あいつの大串に対する呪いの方が根深いですよ」

「お前は呪い呪いって……」

「あ、あの……」

突然、三人の背後から幽霊のようなか細い声が聞こえる。青ざめた汗だくの顔で立つ柔井に皆は仰け反り、坂巻に至っては軽く悲鳴を上げた。

「なんだハム太郎、気持ち悪いからいきなり出てくんな」

不知火は動じることなく叱る。柔井はごめんなさいと謝った。

「あの、彩音先生。大串さんが殺害された現場から見つかった土のことなんですけど、どうやらここの土ではありませんでした」

「当たり前だろ。今もこれだけ大勢で発掘しているんだから、直刀なんてある訳ねぇだろ」

「あ、そ、それもそうですよね……」

「ところで皆さん、彼の持っている土に見覚えはありませんか？　ここの土ではないようですが、どこの物かを探しているんです」

不知火は三人に呼びかける。彼らは恐る恐る柔井の手からビニール袋に入った土を受け取った。

「え、ええ……たしかに西方遺跡の土ではないですね。ただ、今すぐにはちょっと……」

溝端は袋の土に目を凝らしつつ答える。

「でもたぶん、飛鳥の土ではあると思います。どこかな……」

坂巻は自信なさげに答える。

「平地じゃないな、山の方かな。大学で詳しく調べたら分かると思いますよ」

能美は袋を振りつつ答える。それぞれ研究員としての見解を示すが、さすがにこの場での判断はつきかねるようだった。

「鑑識に回してやろうか？　あっちはプロだぞ」

駒込は不知火に目を向ける。

「こっちもプロですよ。それじゃあ溝端さん。飛鳥にある他の遺跡の場所を教えてください」

「他の遺跡と言われても……」

「条件があります。大串さんや皆さんが発掘調査に参加したことのある場所。その上、今は発掘を終えて誰もいない場所です」

「あ、あのぼくは、水を買ってきてもいいでしょうか？」

柔井は弱々しく手を挙げる。顔が青黒いのは日焼けによるものか、瀕死状態によるものか分からない。不知火は手をぱたぱた振って許可した。

「行って来い。ちゃんと六本買って来いよ。わたしはアイスティーでいいからな」

「は、はい……」

「ああ待て待て、車を出してやるから隣に乗れ」

さすがに駒込が心配して声を上げた。

一一

溝端から紹介された発掘現場の下に、不知火と柔井と駒込はさらに移動する。そのひとつとなる牽牛子塚古墳《けんごしづか》は、飛鳥西方遺跡よりさらに西、近鉄飛鳥駅を越えて貴嶋大学の近くにある丘陵に存在していた。鬱蒼とした木々に覆われる中、掘り返された赤茶色の地肌からわずかに古墳の名残が窺える。案内看板によると元は石造りの八角墳らしいが、そのほとんどは未だ土に埋もれており、発見された石室の入口も現在は閉鎖されていた。

「ここは最近まで調査が行われていた古墳らしい。貴嶋大学からも近く、板蓋宮とは土も違うようだから可能性があるかもしれんな」

駒込は大きく息を吐く。三人は近くに車を停めた後、軽い山道を経て辿り着いていた。

「ちきしょう、ハイヒールなのにこんな所まで連れて来やがって。おらハム太郎、行って来い」

不知火は駒込の肩に手を置くと片足を上げて足首を揉む。柔井は薄汚れた姿と重い足取りで、ふらふらと古墳へと近付いて行った。

「古墳が発見されたのは古いが、その内容は長く不明だったらしい。最近の調査でようやく、天智天皇の母にあたる、斉明《さいめい》天皇の陵墓だったのではないかと推測されているそうだ」

「ええと、天智天皇が中大兄皇子でしたっけ？　母ということは女帝だったんですか」

　不知火は駒込に寄りかかったまま木漏れ日に目を細める。その顔がふいに可愛らしく見えたが、駒込はもちろん指摘せずにただうなずいた。

「そうだ。それに斉明天皇は、乙巳の変で現場にもいた天皇だ。蘇我入鹿ともかかわりがある」

「あれ？　乙巳の変にかかわっていたのは皇極天皇と聞きましたよ」

「同一人物だ。皇極天皇は乙巳の変で一度退位して、弟の孝徳《こうとく》天皇に譲位した。だが孝徳天皇がその後先に崩御《ほうぎょ》したため、斉明天皇として再び皇位についたそうだ。そして次代を天智天皇に託したんだ」

「それはまたビッグマザーですね。お墓も大きい訳だ」

　不知火は駒込から離れると日傘を広げて木陰にしゃがんだ。

「駒込刑事、先ほど聞いた溝端卓、坂巻奈々子、能美速希の話に間違いはありませんでしたか？」

「ああ、警察への供述とほぼ同じ内容だ。坂巻奈々子には何を聞いていたんだ？」

「大串彰正と佐治まどかとの関係です。佐治は坂巻が大串を恨んでいると言っていましたが、坂巻の方からすれば、そうでもないようです。大串とはお互い合意の上で別れたそうですから」

「やっぱりそうか。俺もあの子はそういう性格じゃないだろうと思っていたんだ」

「ただ、坂巻は何か嘘をついています。わたしにはそう見えました」

「何？　本当か？」

駒込は驚いて振り向く。不知火は鋭い視線で見上げていた。

「どこが嘘なんだ？　大串を恨んでいないという話か？　それとも事件当日の行動か？」

「そこまでは分かりませんけど、臨床心理士としての推測です。おい、ハム太郎。お前はどうだ？」

不知火は視線を遠くに向けて呼ぶ。柔井は首だけを捻って振り返った。

「は、はいはい。ぼくもそんな風に聞こえました。声の震えが妙だったから……」

「何で、俺よりずっと遠くにいた君が彼女の声を聞き分けられるんだ」

駒込は呆れ顔で返す。柔井は足を引きずりながら戻って来る。

「ごめんなさい……それと、溝端さんの話も嘘があったと思います」

「彼も？　おいおい、どういうことだ。それじゃ奴ら、警察にまで嘘をついていることになるぞ」

「どうでしょうね。わたしたちは直刀の捜索が役目ですから、殺人事件についてはそちらでお願いします」

不知火は立ち上がる。駒込はうつむいてぶつぶつとつぶやいていた。

「どうしたハム太郎。さっさと墓を荒らして来いよ。いつまでわたしを待たせんだよ」

「は、墓を荒らす……いえ、ここではありませんでした」

柔井はぶるぶると頭を振る。

「ここの赤茶けた土は完全に違います。大串はここへは立ち寄っていません」

「じゃあさっさと戻って来いよ。次行くぞ。駒込刑事も、悩むのは後にしてください」

不知火は身を翻して古墳を下り始める。男二人はうつむいたまま後に続いた。

二

甘樫丘東麓遺跡《あまかしのおかとうろく》は牽牛子塚古墳から東に戻り、飛鳥寺西方遺跡の西の丘にあった。丘全体が公園になっており、外周や内部を巡る遊歩道や展望台が設けられている。遺跡は駐車場奥の森林内にあり、長方形に切り開いた地面に溝や柱の跡と見られる発掘現場が残されていた。

「ここは蘇我入鹿と、その父である蘇我蝦夷《えみし》の邸宅があったとされている。だがどこまでの範囲であったかはまだ分からず、他にも発掘されていない部分は多いと思われているそうだ」

駒込は吹き抜ける風に身を晒して溜息をつく。遺跡は丘の東側にあるため、傾き始めた日が当たらずまだ涼しげだった。

「……飛鳥寺を見下ろし、板蓋宮を眺められるこの場所に住むというのも、権力の強大さの表れかもしれんな」

「偉い人って不便でも坂の上に家を建てますからね」

不知火は駒込の扇子で顔を仰ぐ。柔井は遺跡の中で虫のように這いつくばっていた。

「それにしても飛鳥は遺跡が多い。これじゃ村も閑散としている訳だ」

「明日香村は全部が古都保存法の対象地域だ。掘れば何か出て来るから、おいそれと開発なんてできないんだろ」

「古い都よりも今の生活の方が大事でしょうに。この村だって未来の遺跡ですよ」

「古《いにしえ》の心の分からない奴だな。いいんだよ、ここはここで」

「わたしの専門は現《うつつ》の人の心ですから。それで、駒込刑事は結局、誰に疑いの目を向けているんですか？」

不知火は広げた扇子で口元を隠して尋ねる。駒込はその顔を見てから眉間に皺を寄せた。

「……多賀根教授だ。少なくとも直刀が盗まれて一番困るのは奴だろう。盗んだ大串を追いかけて、手慣れた三角ホーを使って背後から刺し殺した。しかし現場を捜しても直刀の半分が見当たらない。だから犯人捜しよりも発掘品を早く捜せと言い出したんだよ」

「大丈夫ですか？　それ、ハム太郎と同じ推理ですよ」

「だから迷っている。柔井君の才能は知っているが、警察は証拠がなければ動けない。ただでさえあの教授は厄介だ。迂闊《うかつ》に詰め寄ればどんな逆襲を食らうか分かったもんじゃない」

「それに教授にはアリバイがありますよね。大阪でお酒を飲んでガレージで寝泊まりをしている中、飛鳥に戻って大串を殺害するのはリスクが大きすぎる」

不知火は扇子の中でぼそぼそ指摘する。

「そもそも最初に大串が直刀を盗んだ理由は何ですか？　彼は深夜の板蓋宮跡で何をしていたんですか？」

「それが分からんから困っているんだ。おい、口紅なんて付けるんじゃないぞ」

駒込は苛立たしげに手を伸ばして不知火の手から扇子を取り返す。彼女は鼻で笑って肩をすくめた。

「……それより不知火先生、フロイト総研はこんなことで本当に直刀を捜し出せるんだろうな？」

「さあ？　わたしはハム太郎の調査について回っているだけですから」

「俺にはあんたが柔井君を引きずり回しているようにしか見えんぞ」

「誤解ですよ。だいたい駒込刑事は最初に、発掘品も警察が見つけるって言ってたじゃないですか。うちは多賀根教授の苦情受付係でいいと。わたしはその通りにして、見つからなくても調査料金をもらえる算段をつけました。うちの仕事はその時点でもう終わっていますよ」

　不知火は冷たい笑みを浮かべる。駒込は眉をひそめた。

「あとは日焼け止めクリームが効果を失う前に事務所に帰って、ハム太郎が調査報告書にまとめるだけです」

「ふん、よくそれで探偵を名乗れたもんだな」

「それも誤解です。わたしはあくまで、探偵助手ですから。あとハム太郎の心理カウンセラーです」

「だったら柔井君をこき使うだけでなく、たまには花を持たせてやったらどうなんだ？」

「お墓参りをするにはまだ早いですよ」

「供えろって意味じゃない！　見ろ、彼だって彼なりに懸命に……」

　駒込は遺跡の方を振り返るなり言葉を止める。

「……おいおい、柔井君がぶっ倒れているぞ」

　柔井は遺跡の隅でうつ伏せになったまま動かない。駒込は慌てて彼の下へと駆け寄るなり抱き起こした。顔はのぼせたように赤いが、汗は一滴も流れず乾いている。

「お、おい。柔井君！　どうした？　しっかりしろ」

「暑さでへばったんですよ。起きろよこのへたれ」

　後から寄ってきた不知火は気にせず柔井の顔を踏みつける。駒込が声を上げる前に、柔井は靴の下で目を覚ました。

「あ、彩音先生……」

「おお、大丈夫か？　水を飲むか？」

「何やってんだこら。疲れたなら休めよ馬鹿」

「いい加減にしろ！　不知火先生」

　駒込が見かねて声を上げる。不知火は驚いた風に目を大きくさせるが、それは駒込の叱責に反応した訳ではなかった。

「おい、ハム太郎。何だそれ？」

「あ、はい……ここにありました……」

柔井はそう言って手元の物を駒込に差し出す。土に汚れた茶色のバスタオルの塊。駒込が慎重に開けると、中から朽ちた細長い鉄片が現れた。

「ちょ、直刀じゃないか！　まさか本当にあったのか？」

駒込は思わず体を震わせる。それは多賀根教授の写真にあった、網田の直刀の刃部分にそっくりだった。

「つ、土の色と、砂の感触が一致しました。事件当日、大串さんは殺害される前にここへ立ち寄って、これを隠しました……」

「何でまた、こんなところに……」

「き、きっと入鹿の呪いを鎮めるために、彼の邸宅跡に折れた直刀を……」

柔井は息も絶え絶えに言う。不知火はその声を遮るようにヒールの底で彼の頭をごしごし撫でた。

「やっと見つけたか。まあ一日で見つけられたから、お前にしては上出来だな」

「あ、ありがとうございます……」

柔井はなぜか礼を言うと、そのまま静かに目を閉じた。

一三

柔井が発見した直刀はすぐに貴嶋大学へと持ち込まれ、多賀根より『網田の直刀』に相違ないことが認められた。多賀根は不知火の探偵能力に感心し褒め称えるとともに、対応の遅い警察への文句をさんざん駒込にぶつけた。直刀が見つかったとはいえ、大串殺害の事件は未解決なので誰も笑顔にはなれず、また彼が甘樫丘東麓遺跡に直刀の半分を残していった理由もまだ判明しない。柔井の体調も回復する気配が見られなかったので、調査報告は後日に回してひとまず奈良市へと戻ることとなった。

フロイト総研に帰るなり柔井はソファに倒れ、不知火はエアコンをつけて対面のソファに腰を下ろす。車で二人を運んで来た駒込は雑務があるらしく、事務所に立ち寄りもせず県警へと引き返して行った。

「夏の盛りに屋外調査なんてするもんじゃねぇな。ハム太郎に押しつけて帰りゃ良かった」

不知火はシャツの胸元を開け閉めしながらソファに反り返る。過酷な調査だったが、日傘と日焼け止めクリームの活躍で肌へのダメージは最小限に抑えられていた。柔井は何も言わずに突っ伏している。

「まあ、それでも盗難品が見つかったからいいか。でも何であんな所にあったんだ？」

不知火は白い天井を見上げる。靴を脱いで足をぶらぶらさせていた。

「……ハム太郎の推理だと大串は板蓋宮跡で殺害される前に立ち寄ったことになる。あるいはその時、殺害犯も一緒にいたかもしれないな。しかし半分だけを隠しておく理由はなんだ？　いや、半分だけを持ち歩く理由か？　それにしても国宝級の代物をあんな粗末に扱っていいのか？」

不知火は腕を組んでつぶやく。探偵助手の彼女は決して事件を推理しない。ただ現況を再確認するだけだ。ところが普段とは違い、探偵の柔井から反応がない。彼に不知火の声が聞こえていないはずがなく、また聞こえているなら無視するはずがなかった。

「おい、ハム太郎」

不知火は体を起こすと、テーブルに近付いて柔井を見つめる。うつ伏せになった彼は微動だにしない。だが薄い胸がかすかに上下しているので呼吸は問題なさそうだった。見える範囲の顔色は白く、わずかに苦しそうな表情は薄幸の美少年にも見える。腕を伸ばして彼の手を持ち上げる。手首は細く、脈は小動物のように速い。

掌から腕の内側にかけて、湿疹《しっしん》のような赤い腫れがびっしりと生じていた。

「うわっ、ひでぇな……日焼けか？　疲労か？　虫刺されか？　草負けか？」

不知火は柔井の手をそっと置く。アレルギー症状のようだが原因は特定できない。きょう一日の行動を振り返っても思い当たる節がありすぎる。柔井の日常は敵だらけだった。

「……まさかこれが、入鹿の呪いって奴じゃないだろうな」

その時、事務所のドアがためらいがちにノックされる。不知火が返事をするとドアが開き、溝端卓と坂巻奈々子が姿を現した。

「あら、溝端さんに坂巻さん。どうされましたか？」

「突然お伺いしてすみません。不知火先生にご相談したいことがありまして、いただいた名刺の住所を頼りに来ました」

溝端は何か決意に満ちた表情で言う。隣の坂巻も小さくうなずいた。

「そうですか。わざわざすいません。どうぞ入ってください。暑かったでしょう」

不知火は驚くことなく二人を迎え入れる。

「おら、ハム太郎。邪魔だからどけろ」

そして柔井の髪の毛を摑んで持ち上げるが、彼は目を閉じたまま唸り声を上げるばかりだった。

「あ、そんな、わたしたちはいいですから……」

坂巻は不知火の乱暴に驚きつつ手を振る。

「……お休みですか？　何だか体調が悪そうですけど」

「気にしないでください。溝端さん、申し訳ないですが彼を運んでいただけますか？」

「はあ、ええと、どこに寝かせておきますか？」

「目障りなんであっちの方に捨てておいてください。さあ坂巻さん、どうぞ座ってくださ い」

　不知火はテキパキとした動きと屈託のない笑顔でソファを勧めた。

　溝端と坂巻は飛鳥寺西方遺跡での発掘調査の後、大学へは戻らずにそのままフロイト総研を訪れていた。それで直刀が発見されて多賀根のもとに戻ったことも知らず、不知火の話を聞いて驚きと感謝を示した。だが見つかった場所については何も理由は思いつかず、その言葉にも嘘はなさそうだった。

「甘樫丘の遺跡はたしかに、去年うちのチームも発掘調査に参加しました。大串も一緒にいましたけど、別に何かあった訳でもないし、気になるところもなかったと思います」

　溝端は当時を思い返しつつ答える。隣に座る坂巻も、うなずきつつ首を傾げていた。

「お二人に分からなければ、わたしにも分かりません。不思議な状況ですね」

　不知火は二人に穏やかな目差しを向けつつも、彼らの態度と表情をくまなく観察する。

「……ただ、わたしたちも直刀の捜索を依頼されただけですから、殺害事件に関しましては何もお力になれません。警察が早急に解決されることを祈るばかりです」

「本当に。わたしもそう望んでいます」

坂巻が暗い顔のまま小声でつぶやく。その弱々しさは殺害事件よりも、これからの話に不安を抱いているようにも見えた。不知火は溝端の方に目を向ける。

「さて、わたしに相談したいことというのは何でしょうか？　事件に関することでしたら警察にお話しされる方がいいと思いますが」

「その警察に話すべきことについての、ご相談です」

溝端は膝に手を置いて真剣な表情で不知火を見つめた。

「不知火先生。実は俺たち、警察に嘘をついているんです」

「なるほど。それはまた、どういった内容ですか？」

不知火は動じることなく話を促す。坂巻が見つめる中、溝端はさらに話を続けた。

「事件当日、俺は多賀根教授と一緒に大阪のチューニングショップへ行って過ごしていたと話しました。坂巻は家で家族と過ごしていたと話しました。でも本当はあの夜、二人一緒に俺の家で過ごしていたんです。俺たち、付き合っているんです」

「……そういう訳ですか」

不知火は少し頭を巡らせてから口を開く。

「それで坂巻さんは、大串さんとも未練なく別れられたんですね」

坂巻はうつむいた頭をさらに下げてうなずいた。

「大串さんが佐治さんと付き合い出した頃、わたしも溝端さんとよく会うようになっていました。お互いそういうことになっていたから、もう別れた方がいいだろうって話になったんです」

「その話は初めて聞きました。ということは、まだ他の研究員たちは誰も知らない。特にあなた方の中だと、佐治さんだけが気付いていないようですね」

「ないしょにするつもりはなかったんですが、大串さんも佐治さんには話していなかったようなので黙っていました。でも四日前に大串さんが亡くなってしまったから、今さら公表することもできなくなってしまったんです」

「事情の受け取りようによっては、坂巻さんが溝端さんと付き合うために大串さんが邪魔になったとも思われそうですね。特に現在お付き合いされていた佐治さんからは、そう疑われる可能性があります」

「きっと、佐治さんならそう考えると思います。それで魔が差して、警察にも嘘をついてしまったんです」

坂巻は声を震わせる。隣の溝端がそっと手を握った。

「坂巻さん、もうひとつ教えてください。それでは事件当日、あなたが家にいたというご家族の証言も嘘なんですね？」

「はい……両親はわたしを信用しているので、家にいなくても事件にかかわっているはずがないと思ってくれていました。それで警察から余計な疑いを持たれるくらいなら、家にいたことにすればいいだろうと」

「では溝端さんも、多賀根教授と口裏を合わせたということですか？」

「はい。俺の方から教授に頼んだんです。事情を全て話して、助けて欲しいって。教授は男気のある人だし、あんな性格だから、じゃあ俺と一緒にいたことにすればいいよって言ってくれました」

溝端は口籠もりつつ話す。だがその目はしっかりと不知火に向けられていた。

「でもいつか警察にも知られると思うと、恐くなってきたんです。俺や奈々子は構いませんが、このままだと奈々子の家族や教授にまでご迷惑がかかるかもしれません。それでどうすればいいか不知火先生にご相談したくてここへ来ました。先生はあの刑事さんともお知り合いのようですから」

「お二人は本当に、大串さんの事件とはかかわりがないんですね？」

「誓って、一切ありません。俺たちは潔白です」

　溝端は即答する。坂巻も顔を上げてしっかりとうなずいた。不知火はちらりと遠くの柔井に目を向けるが、彼は腕で顔を隠して仰向けに倒れたままだった。

「……ご相談の内容はよく分かりました」

　不知火はソファに背を預けると、長い足を組んで二人を見つめた。

「警察に虚偽の供述をするのはとても良くないことです。捜査に混乱を招くこともありますし、証拠の隠滅や犯人の隠匿、隠避に繋がる可能性もあります。お二人にその意図はなかったとしても、嘘をついた事実がある手前、立場は非常に弱くなります。分かりますね？」

　二人は顔を強張らせてうなずく。

「事件にあたっている駒込刑事はゴリラのような見た目ですが、奈良では『県警金剛《けんけいこんごう》』とも恐れられている敏腕刑事です。わたしが間を取り持ったところで、どうにもなりません。嘘をつかれたと知れば烈火の如く怒り、厳しく叱責されることでしょう」

「……覚悟しています」

「しかし、それ以上は罪に問われることはないでしょう。もちろん逮捕されるなんてこともありませんし、お二人の経歴に傷が付くこともありません。駒込刑事ならきっとうまく対処してくれることでしょう。ですからまずは、正直に話すことが必要です。できるだけ早急に」

坂巻の口から安堵の溜息が聞こえた。

「それで良ければ、わたしから駒込刑事に伝えて告白の場を設けさせていただきます。そして、できるだけ穏便に済ませていただくよう頼んでみましょう」

不知火はあえて冷徹な目差しを向ける。溝端と坂巻は深く頭を下げた。

それと同時に、事務所の電話が鳴り出した。しばらく待っても鳴り止む様子はなく、いつもなら脅えつつ対応に出る柔井も今は動かない。不知火は二人に待つよう伝えると、ソファを立って受話器を上げた。

「はい……ああ、駒込刑事ですか。先ほどはありがとうございました」

不知火の声に溝端と坂巻は顔を見合わせる。タイミングのいい連絡だが、もちろん駒込の用件は二人に関する話ではなかった。不知火は少し驚いたような反応を示すと、了解の旨を伝えて電話を切った。

「溝端さん、坂巻さん。わたしはこれから駒込刑事と一緒に貴嶋大学へと戻ります。お二人もご同行いただけますか？」

「大学へ？　一体どうしたんですか？」

溝端が驚いて尋ねる。

「分かりません。多賀根教授から駒込刑事に重要な話があるということで、わたしも立ち会うよう求められました」

「教授が刑事さんに？　まさか、大串の殺害事件に関することでしょうか？」

「おそらくそうでしょう。すぐに刑事が車で迎えに来ます。おい！　ハム太郎！」

不知火は振り返って呼びかける。柔井は一瞬体を震わせると、顔から腕を下ろして薄く目を開いた。

「話は聞いたな。わたしたちはこれから貴嶋大学へ戻る。お前は邪魔だから置いて行くぞ」

「あ、彩音先生……」

柔井はかすれた声でつぶやく。不知火は睨むような目で見下ろしている。

「あ、あの、ぼくはもう、だめかもしれません……呪いが、入鹿の呪いが……」

「うるせぇ、勝手に呪われろ。帰りに花と花瓶を買って来てやるよ。さあ、溝端さん、坂巻さん、行きましょう」

不知火は身を翻して事務所を出る。溝端と坂巻は二人のやり取りを交互に見つつも、不知火の背を追いかけた。

「あ、ありがとうございます……」

柔井はなぜか礼を言うと、そのまま静かに目を閉じた。

一四

迎えに来た駒込は、不知火とともに溝端と坂巻がいることに驚いたものの、何も聞くことなく三人を乗せて貴嶋大学へと向かった。彼自身も多賀根教授に呼び出された理由は分からない。ただ他にも用件を任されているらしく、不機嫌な顔で『警察は出前じゃねぇんだぞ』と毒づいていた。おかげで溝端と坂巻も脅えて、嘘をついたことを述べる機会が摑めなかった。

大学へ到着する頃にはもうかなり日は傾き、飛鳥の地は都会よりも深い夜を迎えつつあった。車を降りるなり駒込の下に、なぜか先に到着していた別の警察官が駆け寄る。駒込が小声で短い指示を与えるとすぐにまたどこかへと走り去って行った。四人はひと気のない校舎に入り研究室へと入室する。部屋では多賀根教授が一人で席に着いていた。

「溝端君に坂巻君じゃないか。どうしたんだ？　君たちまで」

多賀根は駒込と不知火よりも二人に目を留める。

「さっきまで不知火先生の事務所にお邪魔していました。その際に偶然、先生が刑事さんからの連絡を受けて、お二人で教授のところへ向かうという話を聞いたので一緒に付いてきました」

溝端は手短に事情を伝える。

「教授、俺たち出て行った方がいいですか？　大串の事件に関する話かと思ったんですけど」

「……いや、構わんよ。どうせすぐに知ることになるしな。座っていなさい。刑事さんと先生もどうぞ」

多賀根は二人の同席を許した後、不知火に目を向けた。

「不知火先生。『網田の直刀』の件は、本当にありがとう。まさかこんなに早くに見つけてもらえるとは思わなかった。色々と失礼なことを言ってすまなかった」

「とんでもございません。わたしはご依頼通りの捜索をしたまでです。貴重な発掘品が無事に見つかって本当によかったです」

不知火は微笑みつつ謙遜する。多賀根は、いやもうまったくと頭を下げた。

「多賀根教授」

駒込はいかつい表情のまま低い声を上げた。

「電話でお聞きした通り、大学の寮のそばに複数名の警察官を待機させています」

その言葉に溝端と坂巻は目を大きくさせる。

「……俺の指示で、すぐにでも桑畑の部屋へ突入する準備はできています」

「ああ、それでいいだろう」

「教授！　どういうことですか？　桑畑が……」

「黙っていなさい、溝端君」

多賀根は研究員を一喝すると、足下に置いていたゴミ袋を持ち上げる。そして白い手袋を嵌《は》めると、ゴミ袋の中から大きな三角形の金属を取り出して机の上に置いた。全長二五センチ程もある二等辺三角形状の物体。両辺は刃物のように研がれ、先端も鋭く尖っている。全体にわたって赤黒い染みが不気味に付着していた。

「刑事さん。これは三角ホーという発掘道具の先だ。きのう入鹿の首塚のすぐ近くに、隠すように置かれていたのを発見した」

「入鹿の首塚？　それにこれは、血痕じゃないですか」

駒込は金属物を慎重に持ち上げて観察する。多賀根はさらにゴミ袋を探ると、今度は木製の短い円柱のような物を何本か机に並べた。

「こっちはその三角ホーの柄の部分だ。ノコギリで短く切断されている。大学の粗大ゴミ置き場から発見した」

多賀根はそう話しながら、一本の木柱を転がして駒込に見せる。その先端には『桑畑虎雄』という名前が、擦れた黒文字で書かれていた。

「溝端君。これが何か分かるな」

「は、はい……資料室に置いていたはずの、桑畑の三角ホーです」

溝端は驚きつつ答える。坂巻は信じられない物を見るような目を向けていた。

「これはどういうことですか、多賀根教授……」

駒込は声を震わせる。

「つまり桑畑虎雄が、この三角ホーを使って大串彰正を殺害して、先端部分を首塚の近くに隠して、柄をバラバラにしてゴミ置き場に捨てたということですか」

「ぼくにもそのように見える」

「なぜすぐ警察に渡さなかったんですか！」

駒込は椅子から腰を上げて訴える。

「これは警察が血眼になって捜していた物ですよ！　それを、俺にも言わずに隠していたなんて、一体どういうことですか！」

「網田の直刀が見つかっていなかったからだ！」

多賀根は声を荒らげて反論する。

「警察が直刀を見つけてくれないから、ぼくもこれを出す気になれなかったんだ！　もし桑畑君があれを持っていて、傷付けでもしたらどうする」

「そんな理由ですか！」

「あんたらにとっては単なる古びた刀かもしれないが、ぼくにとっても、この国にとっても貴重な財産なんだぞ。見失った、壊されたじゃ済まないことなんだぞ！」

「だからって！」

「刑事さん、いいから座りなさい！　謝れと言うなら謝る。今は喧嘩している場合じゃない」

多賀根が両手を持ち上げて駒込の怒りを抑える。駒込は鼻から息を噴くと、音を鳴らして椅子に座り直した。

「どうして桑畑さんは、大串さんを殺害したんでしょうか？」

二人のやり取りを見ていた不知火が落ち着いた声で多賀根に尋ねる。彼は何も言わず、机に肘を突いて軽く頭を押さえた。

「まさか、蘇我入鹿の呪いですか？」

「……これはぼくの推測だが……」

多賀根はそう断ってから話を始めた。

「……おそらく資料室から網田の直刀を盗んだのも桑畑君だ。彼は直刀をもう一度埋め直そうとしたんだろう。理由は先生が言う通り、入鹿の呪いだ。彼は板蓋宮跡でこの直刀が見つかった時からそれを畏れていて、こんな物を発掘してはいけないとまで言っていたんだ」

多賀根の話に溝端と坂巻はうなずく。覚えがあるのだろう。

「ぼくはまた彼のオカルト趣味が始まったと思って聞き流していたが、彼は本気でそう訴えていたようだ。それでとうとうあの夜、資料室から直刀を盗み出すと、自らの手で埋め直そうとしたんだ。半分を甘樫丘東麓遺跡へ、もう半分を板蓋宮跡に埋めようとした意図は分からない。蘇我入鹿の邸宅と、彼が討たれた宮中の両方を畏れていたのかもしれない」

「では大串さんは、桑畑さんの行動を偶然見つけたために殺されたのでしょうか？」

「偶然とは思えない。おそらく大串君は、桑畑君が何かすることに気づいていたんだろう。大串君は極めて現実的に物事を捉える奴だったから、桑畑君の妄想をよく否定していた。桑畑君の方もそんな大串君が気に入らなかったと思う。それであの夜、直刀を埋めようとしていた桑畑君を非難して、衝突してしまったんだろう」

多賀根は不知火と駒込に向かって話す。『殺した』という言葉はあえて使わなかった。

「……ぼくは教授失格だ。教え子同士でこんなことになるとは。凶器の三角ホーを刑事さんに渡さなかったのも、迷いがあったんだ。桑畑君が犯人とは思えない、何か別の理由があるんじゃないかと」

「しかしですな……」

駒込が口を開くも、多賀根がそれを抑える。

「分かっている。事実は事実として受け止めなければならない。だから今こうやって話しているんだ。刑事さん、黙っていて悪かった。桑畑君がまた無茶な行動に走るかもしれない。ひとまず警察で身柄を確保しておくといいだろう」

多賀根は静かに頭を下げる。駒込はしばらくためらった後、ポケットから携帯電話を取り出した。

「駒込刑事。その判断は性急です」

しかし不知火は駒込の腕を摑んで止めた。多賀根が驚いて顔を上げた。

「どうしたんだ、不知火先生。これは君の役目じゃないだろう」

「多賀根教授は、嘘をついていましたよね？　溝端さんと坂巻さんの件で」

「……そうか、それで二人は君たちと一緒にいたんだな」

多賀根は溝端と坂巻を見る。二人は神妙な面持ちでうなずいた。

「何の話だ？　不知火先生」

事情を知らない駒込が携帯電話をしまって不知火に尋ねた。

「事件当日、溝端さんと坂巻さんは二人で溝端さんの家にいました。二人は恋人同士です」

「何だと？」

「しかし二人が付き合っていることを他の者たちに知られたくなかったのです。それで警察にも嘘の供述をして隠し通すことにしていました」

「おい、本当か君たち！」

駒込は腰を上げるなり溝端と坂巻に向かって声を上げる。その怒号に坂巻が体を震わせたが、溝端は脅えることなくしっかりとうなずいた。

「刑事さん、申し訳ありません。不知火先生のお話は事実です」

「申し訳ないで済む話じゃないだろ！　何を考えているんだ！」

「つまり、多賀根教授も溝端さんと口裏を合わせて嘘をついていました。事件当日、教授と溝端さんはチューニングショップで会っていませんでした」

不知火は怒る駒込に向かって述べる。駒込はそのままの顔を多賀根に向けた。

「待ってください、刑事さん」

溝端はさらに訴える。

「教授は悪くありません。俺が頼み込んだから、親身になって話に付き合ってくれたんです。悪いのは全部俺なんです。でも、俺たちは事件には一切かかわっていません！」

「君は俺に、それを信じろと言うのか！」

「信じていただかなくても結構です。事実が明らかになれば分かっていただけるはずです。だから、教授を責めるのは止めてください！　お願いします！」

溝端は声を上げる。駒込は金剛力士像のような表情で怒りを噛み締めると、再び椅子にどっかりと腰を下ろした。

「何なんだ、君たちは。警察を何だと思っているんだ……」

不知火は多賀根をじっと見つめている。彼は視線に気づいて口を開いた。

「事実は認めるよ。たしかにその点についてはぼくも軽率だったと思う」

「ありがとうございます。これで溝端さんと坂巻さんの話も真実だと分かりました」

「しかし、今さらそれが何だと言うんだ？　今、この場でその話を出して、不知火先生は何がやりたかったんだ？」

「本当に、何がやりたいんでしょうね」

不知火はわずかに笑みを浮かべて返す。

「言うなれば、探偵助手の仕事でしょうか。事実を明らかにしておかないと落ち着かないんです」

「そんな理由で、場を混乱させるんじゃない」

「とんでもない。混乱するのはこれからですよ」

「何を言っているんだ！」

「……聞こえませんか？　入鹿に呪われて今にも死にそうになっている奴の足音が」

不知火は声をひそめて言う。

その瞬間、研究室のドアをノックする音が響き渡る。全員が驚いて顔を向けた。

「すいませーん。葉香ですけどー。彩音先生いますかー？」

しかし聞こえてきたのは、緊迫感なく間延びした女の子の声だった。

「ほら来た。どうぞー」

不知火は笑い声を含ませながら返事する。ドアが開くと制服姿の少女、月西葉香が姿を現した。

その背後の暗がりには、今にも死にそうな顔をした柔井公太郎が、振り子のように揺れていた。

一五

「何だ？　誰だ？　この子は……」

多賀根は呆気に取られた表情で葉香を見る。溝端と坂巻も首を傾げており、駒込も思わず怒り顔を緩ませた。

「うちのアシスタントです。ごめんね葉香ちゃん。ハム太郎に頼まれたの？」

不知火は気軽な調子で話しかける。葉香は、そうなんですよと返しながら、そばに立て掛けてあった折り畳み椅子を広げた。

「ハムちゃん、珍しくうちの喫茶店に来たかと思ったら、ゾンビみたいな顔でお父さんに車を出して欲しいって。それで慌てて病院に送ろうとしたら、そうじゃなくて飛鳥の大学へ行きたいって言うから連れて来たんです。何なんですか？」

「それはまた迷惑な奴だね。マスターは外で待っているの？」

「いいえ、お店があるんでもう帰りました。だから彩音先生、帰りはわたしも送ってくださいね」

「わたしも駒込刑事の車で来たから、刑事にお願いして」

「はい。刑事、よろしくお願いします」

葉香は膝に手を置いてぺこりと頭を下げる。駒込は呆れた様子で手を振り了解した。

「おい、ハム太郎」

不知火はドアの前で棒立ちになっている柔井に声をかける。ただでさえ貧弱な彼はさらに生命力を失い、ほとんど枯れ木のようになっていた。

「つっ立ってんじゃねぇよ。座れよ」

「あ、はい……でもその、椅子がもうなさそうなんで……」

「床が空いているだろうが、わたしの前に座れ」

不知火は組んだ足を振って命令する。柔井はよろよろと中に入ると、全員の注目を集めて不知火の前に正座した。さすがの多賀根も状況が分からず口出しできない。駒込は溜息をつきつつも、二人のやり取りに鋭い視線を向けていた。

「で、何やってんだお前。死ぬんじゃなかったのかよ」

「ご、ごめんなさい。ちょっとその、お伝えしたいことがあって、来ちゃいました……」

柔井はぺこぺこと頭を下げつつ弁明する。

「来るなら電車で来いよ。マスターと葉香ちゃんにまで迷惑かけんじゃねぇよ」

「そうなんですけど、ちょっと今は体調が悪くて。あと電車はその、酔って皆さんにご迷惑をかけるかもしれないし、乗り換えもまだ難しくて……」

「お前は小学生か！　顔上げろこのへたれ」

不知火はヒールの爪先を柔井の顎にかけて無理矢理持ち上げた。

「それで、伝えたいことって何だよ。網田の直刀ならもう見つかっただろ」

「いえ、その、大串さんを殺害した犯人のことなんですけど……」

「それがお前に何の関係があるんだよ。そっちは警察の仕事だ。場を混乱させんじゃねぇよ」

不知火は爪先で柔井の顎をとんとん叩く。

「……それに犯人はもう見つかったんだよ。多賀根教授のおかげでな、桑畑虎雄が大串彰正の殺害犯だと確定したんだよ」

その言葉に多賀根と駒込が目を丸くする。柔井は震えるように首を振った。

「い、いえ。それが違うんです。く、桑畑さんは犯人じゃありません。だからその、駒込刑事が間違えちゃいけないと思って……」

不知火は柔井の話が終わる前に、彼の頬を足の甲で蹴る。寸止めではなく振り抜いたので、彼はそのまま研究室の床に転がった。そばにいた坂巻が思わず悲鳴を上げる。見なれている葉香は、あははと乾いた笑い声を上げた。

「ふざけんな。てめぇ、自分で何言ってるか分かってんだろうな」

「ご、ごめんなさい……」

柔井は頬を押さえつつも元の場所に座り直す。不知火は一切憐れみのない目で見下ろしていた。

「教授のお話に何ケチ付けてんだこら。何様のつもりだよ」

「ぼ、ぼくはその、探偵です」

柔井は涙目で訴える。

「だからごめんなさい、ぼく、謎が解けちゃいました」

研究室に奇妙な沈黙が漂う。それは不知火が返事をしなかったための緊張感だが、誰も彼女の巧妙な仕掛けに気づかなかった。たっぷりと間を持たせた後、あらためて彼女は口を開いた。

「……言えよ、ハム太郎。誰が犯人なんだよ」

「だからその……多賀根教授です」

柔井は申し訳なさそうな表情で指名する。多賀根は眉をひそめて首を傾げた。

「何を言い出すかと思ったら。あのなぁ、君……」

「いや、ちょっと話を聞いてみましょう」

駒込はすかさず口を挟む。大学教授と県警刑事は、ともに疑うような目で睨み合った。再び沈黙が続く。

「……お前が言うんだよ」

「え？　あ、そっか」

不知火に言われて柔井はようやく話を始めた。

一六

「お、大串彰正さんを殺害したのは、多賀根松郎教授です」

柔井はあらためて話を始める。床に正座し、全員に見下ろされる彼の姿は、探偵というよりも時代劇で裁きを待つ罪人のようだった。

「事件当日、多賀根教授は大阪のチューニングショップへは行っていません。溝端さんはあの日、本当は教授に会っていなかったことを告白しましたけど、それによって教授のアリバイもまた不明確なものとなりました。

教授はショップの社長さんとは高校の先輩後輩の間柄で、しかも社長さんにとって教授はお得意様です。教授が溝端さんの頼みを聞いて口裏を合わせたように、社長さんも教授の頼みを聞いて口裏を合わせたんです」

「おいおい、勝手な話を言うんじゃない」

多賀根は呆れて反論する。

「君はあそこの社長を知らないだろ。彼が嘘をついたなんてどうして言えるんだ」

「ごめんなさい、でもその、そうしないと教授が大串さんを襲えないから……」

「だから、それが勝手な話だと言ってるんだよ」

「駒込刑事」

不知火が冷静な声で呼びかける。

「チューニングショップの社長、光波さんでしたか？　追跡捜査できますね？」

駒込は横目で彼女を見つめたままうなずく。多賀根は啞然とした表情を見せた。

「き、君たちは何を言っているんだ？　こいつの言うことを信じるのか？　おい、不知火先生！　駒込刑事も！　だいたい何で、ぼくが大串君を殺さないといけないんだ？　まさか、彼が資料室から網田の直刀を盗み出したからだと言うのか？」

「あ、はい。まさにその通りです」

柔井はあっさりと認める。多賀根は拳で力一杯机を叩いた。

「馬鹿にするんじゃない！　そんな理由で教え子を殺す訳ないだろ！　大串君があれを盗んだところで、使い道なんてないんだ。取り返せば済む話だ」

「ご、ごめんなさい。でも、その、取り返しても、もうだめだと思います。だってほら、大串さんが直刀を夜中に盗んで、板蓋宮跡へ行った時点で、教授は殺すしかなかったんじゃないですか？」

柔井は途切れ途切れの口調でおかしなことを言う。だが多賀根は思わず言葉を詰まらせた。

「どういうことだ、ハム太郎」

不知火が二人のやり取りをじっと見つめる。

「どうして、大串さんが直刀を盗んで発掘場所に行ったら、教授は殺すしかなくなるんだ？」

「それはだって、あの網田の直刀、捏造品《ねつぞう》の贋物だから……」

「ええ？」

多賀根と、事情を知らない葉香以外の全員が声を上げる。柔井は小さくうなずいた。

「お、大串さんはそれに気づいてしまったから、多賀根教授はもう殺すしかなかったんです。あの直刀を板蓋宮跡で発見したのは溝端さんでした。多賀根教授はそれを『網田の直刀』として学会に発表しようとしていました。

しかし大串さんは、その発見を疑っていました。幼い頃から化石や発掘に馴染みがあって、今も論文を書くより発掘現場にいる方が得意な彼は、どこか納得できないものを感じていたんです。でも多賀根教授を尊敬している溝端さんが捏造なんてするとは思えません。それなら多賀根教授が自ら捏造して、溝端さんに発掘させたのだろうと疑いました。

でもそれを証明するには、直刀をもっと詳しく調べる必要がありました。だから夜中に資料室から盗み出して、発掘された板蓋宮跡にまで調査へ向かいました。また、直刀は刃の部分と柄の部分に分かれていました。大串さんはそれを幸いに、もし多賀根教授に見つかっても片方は手元に置いておけるように、半分をバスタオルに包んで甘樫丘東麓遺跡に隠しておきました。屋外で乱暴に扱えたのも、あれが国宝級の発掘品ではなく、ただの捏造品だと分かっていたからです。

大串さんがなぜそこまでして直刀の検証をしようとしたのかは、ぼくは考古学に詳しくないのでよく分かりません。研究者としての使命感か、蘇我入鹿をはじめ乙巳の変の当事者たちの事実を曲げてはいけないと思ったのか。あ、でも一人でこっそり行動したところを見ると、多賀根教授と溝端さんに恥をかかせたくなかったのかもしれません。

でも結局はそれが裏目に出たようです。大串さんは、捏造品の発覚を恐れた多賀根教授によって殺害されてしまいました」

柔井はぼそぼそとした声で話を終える。皆は多賀根教授に注目している。多賀根はしばらく動かなかったが、大きく咳払いをして口を開いた。

「……柔井君といったか」

「あ、は、はい。も、申し遅れまして……」

「君も、桑畑君と同じく空想癖があるんじゃないか？」

「空想……ああ、はい、そうなんです。ぼくはいつも、どんな話でも悪い方へと考えてしまう性格みたいです。彩音先生からもよく注意されているんですけどなかなか……」

不知火が柔井の頭頂部に向かって踵を落とす。多賀根は苛立たしげに指で机を叩いた。

「柔井君。君は考古学者じゃないだろ」

「ご、ごめんなさい、ぼくはただの探偵です……」

「それでどうして、あの直刀が捏造品だなんてことを言い出したんだ。どこかで調べてもらったのか？　いいや、そんな時間はなかったはずだ」

「そ、そうですね。見つけてすぐに教授にお渡ししましたから」

「じゃあいい加減なことを言うんじゃない！」

多賀根は再び拳で机を叩く。柔井は身をすくませた。

「あれが捏造品であるはずがないだろ！　君の推理は、ぼくがあれを捏造したと決め付けた上での願望じゃないか。事実である証明がまったくなされていない。それは古代史研究でも陥りやすい誤解だ！」

「え？　でも、あれ、捏造品ですよ？」

柔井はさも当然のように言い返す。多賀根は机に手を突いて椅子から立ち上がった。

「だから！　どうやって証明したんだと聞いてるんだ！」

「だ、だって、これが……」

柔井はそう言うと、自分の両肘を返して腕の裏側を見せる。掌から肘にかけて、びっしりと湿疹が生じていた。

「きゃっ！」

坂巻が小さく悲鳴を上げる。全員が彼から身を引き、多賀根も予期せぬものを見せられて体を震わせた。

「な、何だそれは？」

「ぼ、ぼくの腕、見ての通り、真っ赤になって湿疹が出ています。直刀を見つけた後から急に現れ出しました。それで、最初は入鹿の呪いだと思って恐かったんですけど、よく考えたら以前にも、何度かこんな風になったのを思い出しました」

「な、何の病気だ？」

「病気じゃありません。金属アレルギーです」

柔井は、かさかさと両腕を撫でた。

「ぼ、ぼく、肌が弱くて、夏は汗で、冬は乾燥ですぐに荒れてしまいます。その上金属アレルギーも強くて、18金や銀のアクセサリーですら肌に触れるとかぶれることがあるんです。だから腕時計も心配で着けられないんです。

でも、金属アレルギーは鉄ではめったに起きません。ましてや一四〇〇年も昔の、赤錆だらけで酸化し尽くしたような、ボロボロの物では起きるはずがないんです。だからあの直刀に触れて金属アレルギーが出るなんてあり得ないんです。

そこで思い出したんですが、ぼくが特に金属アレルギーを起こすのはニッケルという金属です。だから、あの直刀にもそれが含まれていたと分かりました。具体的には、ニッケルのメッキ加工です。すっかり腐食していましたけど、元々は表面にその加工が施されていたはずです。それがごく微量に残存していたせいで、ぼくの手や腕が敏感に反応してしまったようです」

「そんな、古代の剣にニッケルメッキなんて……」

溝端が思わず声を上げる。彼は柔井の説明の意味に気づいたようだ。柔井はうなずきつつ両腕をボリボリ掻く。不知火はその腕の間に足を差し込んで行為を止めた。

「そ、そうです。ニッケルメッキは、今ではごく普通に施されているメッキ加工です。その効果は光沢と耐食性。ピカピカで錆びにくい鉄製品などを作るために使われています。大抵のものはその上からさらにクロムメッキも施した、ニッケル・クロムメッキ加工を使っていて、金属アレルギーも起きにくくなっています。

だけど、人類が純粋なニッケルメッキを実用化したのは一九世紀から、クロムメッキにいたっては二〇世紀に入ってからです。だから一四〇〇年も昔の直刀にそんな加工を施せるはずがないんです。あれは絶対に、最近作った捏造品に間違いないんです。

そして製作したのはたぶん、鉄とメッキ加工が扱える場所、やっぱり多賀根教授の馴染みのチューニングショップじゃないかと思います。ショップの社長さんは使われ方も知らないまま、ただ教授に頼まれた通りにあの直刀を作りました。作ったのはさらに別の加工業者かもしれません。そして仕上げの際に、直刀の表面にニッケル・クロムメッキ加工まで施してしまったんです。

教授にとっても秘密の計画だったので、良かれと思ってメッキ加工を施してくれた社長さんに作り直せとも言えません。それで仕方なくそのまま持ち帰って、自分でメッキ加工を削ぎ落として、わざわざ鉄を腐食させて、名前を書いた木簡と一緒に石箱に入れて板蓋宮跡に埋めたんです」

「そんな、馬鹿な……」

多賀根はかすれた声でつぶやくが、その先の言葉が続かない。怒りを忘れたその表情が皆に真実を伝えていた。

「考古学専門の多賀根教授が、まさかのあの直刀の真贋を見極められないはずはありませんよね」

不知火は冷たい目差しを向ける。

「……遺跡や発掘品に興味のないわたしに直刀の捜索を依頼したのも、その方が捏造を知られる心配がなかったからですか」

「多賀根教授。あの直刀と木簡と石箱を、警察にお預け願います」

駒込は熱い目差しで椅子から立ち上がる。

「今までは国宝級の発掘品に遠慮していましたが、一度うちの鑑識にも徹底的に調べてもらいます。よろしいですね」

多賀根は顔を伏せて、もう言い訳をしなかった。

一七

多賀根松郎はその後事実を認めて、大串彰正の殺害を自供した。動機は考古学者としての実績を求めて捏造品の発掘を自演したものの、教え子による発覚を恐れて犯行に及んだということだった。逮捕後、貴嶋大学は彼を教授職から解任し、研究チームにも解散を言い渡した。マスコミは飛鳥で起きた古代史を巡る殺害事件として世に報じ、インパクトを与えたが、そこにフロイト総研の活躍が伝えられることはなかった。

事件解決から一週間後の午後、フロイト総研の事務所に駒込が姿を現す。不知火と柔井にその後の経過を説明した後、あらためて捜査協力の礼を述べた。

「それにしても、わざわざ発掘現場に捏造品を埋めて掘り返すなんて、そこまで手柄が欲しいものかね」

駒込は呆れた表情で溜息をつく。多賀根にはさんざん振り回された恨みがあるものの、犯行動機があまりにも身勝手すぎて、もはや怒る気力も失せていた。

「考古学も成果主義のところがありますから、新しい学説、新しい研究が常に求められています。その中でも新しい発掘品というのは、手っ取り早くて分かりやすい実績に繋がると思ったんでしょう」

不知火はアイスコーヒーに口を付けつつ、一定の理解を示す。心理学者として人間の心の複雑さと脆さは何度も目にしていた。柔井はソファの背もたれに体を預けたまま、白い顔でどこか遠くを見つめていた。

「……とはいえ、捏造なんてしては本末転倒だとは思いますけど」

「学会では多賀根の過去の発掘品までも疑わしいってことで大騒ぎになっているそうだ。自分の教え子を殺したり、犯人にしようとしたり。よくもあんな奴が教授でいられたもんだ」

「皮肉にも、あの研究チームの中では不真面目と言われていた大串彰正だけが捏造に気づいていたんですね。その結果殺される羽目になったのは残念です。学会にとっても才能ある若手研究者を失うことになりました」

不知火は眼鏡の奥で目を伏せる。駒込は両手をテーブルに突いて深く頭を下げた。

「いやまったく、今回もフロイト総研には世話になった。ありがとう。ご協力感謝します」

「冗談じゃないですよ」

不知火は目を開くなり不機嫌そうな表情を見せる。

「依頼者が犯人なんて聞いてませんよ」

「しょうがないだろ、俺だって知らなかったんだから」

「探偵の調査料金。多賀根に請求できなかったら、駒込刑事がポケットマネーで支払ってくださいね」

「おいおい、何で俺が出さなきゃならないんだよ」

「直刀の発見も、多賀根の逮捕も、全部自分の手柄にしておきながらそれはないでしょう。敏腕刑事、県警金剛が聞いて呆れますよ」

「分かったよ。じゃあ今度また仕事を持って来てやるよ」

「何言ってんですか。次は絶対に請けませんから」

「柔井君ならやってくれるさ、なあ？」

駒込は不知火の隣に座る柔井に目を向ける。彼は事務所の隅を見つめたまますうなずいた。

「安請け合いしてんじゃねぇよ」

「ぐっ」

不知火は柔井の髪を摑んで振り向かせる。駒込は不思議そうに首を傾げた。

「どうしたんだ柔井君は？　いつにも増して元気がないように見えるぞ。まだ体調が悪いのか？」

「金属アレルギーはもう治まっています。もちろん日射病からも回復していますよ」

不知火は柔井の髪をぐいぐい引き上げながら言う。

「今のハム太郎は、呪いの後遺症に苦しめられているんです。夢に蘇我入鹿の首が出て来て眠れないって」

「まったく君は、とことん軟弱な男だな。だいたいあの直刀は贋物だったんだぞ」

「呪いに本物も贋物もありませんよ。思い込んだらそれが真になり、呪いにもなるんです。自己催眠によるバッドトリップ。わたしはこれを『入鹿症《イルカショー》』と名付けて学会に発表するつもりです」

「あ、あの、駒込刑事……」

柔井は憂鬱そうな顔を揺らされながら言う。

「次はその……もうちょっと心安らぐような、平和な事件をご依頼ください」

「そんな事件あるか、このへたれ！」

不知火が髪を摑んだ手を振り下ろす。音を立ててテーブルに額を打ち付けた柔井は、ごめんなさいとつぶやいていた。

この作品は書き下ろしです。

幻冬舎文庫

●最新刊
屑の刃
重犯罪取材班・早乙女綾香
麻見和史

男性の〝損壊〟遺体が発見された。腹部を裂かれ、煙草の吸い殻と空き缶が詰められた死体の意味は？　酷似する死体、挑発する犯人、翻弄されるマスコミ。罪にまみれた真実を暴く、緊迫の報道ミステリ。

●最新刊
外事警察
CODE：ジャスミン
麻生　幾

外事警察の機密資料が漏洩する前代未聞の事件が発生。ＺＥＲＯに異動した松沢陽菜がその真相を追い、辿り着いたのは想像を絶する欺瞞工作だった。壮大なスケールで描かれる新感覚警察小説！

●最新刊
彷徨い人
天野節子

理解ある夫、愛情深い父親として幸せな毎日を過ごしていた宗太。だが、たった一度の過ちが、順風満帆だった彼の人生から全てを奪っていく。平凡な幸せが脆くも壊れていく様を描いたミステリー。

●最新刊
誰でもよかった
五十嵐貴久

渋谷のスクランブル交差点に軽トラックで突っ込み、十一人を無差別に殺した男が喫茶店に籠城した。九時間を超える交渉人との息詰まる攻防。世間を震撼させた事件の衝撃のラストとは。

●最新刊
砂冥宮
内田康夫

「金沢へ行く」。そう言い残した老人が、石川県「安宅の関」で不審死を遂げた。彼の足跡から見えてきたのは戦後の米軍基地問題を巡る苦い歴史。浅見光彦が時を超えて真実を追う社会派ミステリ。

幻冬舎文庫

●最新刊
姫君よ、殺戮の海を渡れ
浦賀和宏

敦士は、糖尿病の妹が群馬県の川で見たというイルカを探すため旅に出る。やがて彼らが辿り着いた真実は悲痛な事件の序章だった。哀しきラストが待ち受ける、切なくも純粋な青春恋愛ミステリ。

●最新刊
裏切りのステーキハウス
木下半太

良彦が店長を務める会員制ステーキハウスは、地獄と化していた。銃を持ったオーナー、その隣に座る我が娘、高級肉の焼ける匂い、床には新しい死体……。果たして生きてここから出られるのか？

●最新刊
はぶらし
近藤史恵

鈴音は高校時代の友達に呼び出されて、十年ぶりに再会。一週間だけ泊めてほしいと泣きつかれる……。人は相手の願いをどこまで受け入れるべきなのか？　揺れ動く心理を描いた傑作サスペンス。

●最新刊
鷹狩り
単独捜査
西川　司

道警の鬼っ子・鷹見健吾。彼の捜査は、同僚が「鷹狩り」と言うほど苛烈。そんな彼がとある女性殺害の捜査を進めるうちに、医療ミス絡みの事件の匂いを嗅ぎ取り……。迫真の警察小説！

●最新刊
盗まれた顔
羽田圭介

手配犯の顔を脳に焼き付け、雑踏で探す見当たり捜査。記憶、視力、直感が頼りの任務に就く警視庁の白戸は、死んだはずの元刑事を見つける……。究極のアナログ捜査を貫く刑事を描く警察小説！

幻冬舎文庫

●最新刊
ミスター・グッド・ドクターをさがして
東山彰良

医師転職斡旋会社に勤める国本いずみの周囲で不穏な事件が起こる。露出狂の出没、臓器移植の隠蔽、医師の突然死――。彼女は自身の再生もかけ、事件の真相を追い始める。珠玉のミステリー。

●最新刊
遠い夏、ぼくらは見ていた
平山瑞穂

十五年前の夏のキャンプに参加した二十七歳の五人が集められた。当時ある行為をした者に三十一億円が贈られるという。莫大な金への欲に翻弄されながら各々が遠い夏の日を手繰り寄せる……。

●最新刊
ジューン・ブラッド
福澤徹三

ヤクザとデリヘル嬢とひきこもりの高校生……警察の包囲網をかいくぐり、血飛沫を浴びながら逃げ続ける三人に、最凶の殺し屋・八神が迫る！　待ち受けるのは生か、死か？　傑作ロードノベル。

●最新刊
「ご一緒にポテトはいかがですか」殺人事件
堀内公太郎

アルバイトを始めたあかり。恋した店長札山は連続殺人事件との関係が噂されていた。疑いを晴らそうと、殺人鬼の正体に迫るあかりだが――。恋も事件もスマイルで解決!?　お仕事ミステリ！

●最新刊
猟犬の歌
三宅　彰

連続猟奇斬殺事件が発生している都下で、職務質問中の警官が射殺された。捜査が進むにつれ、驚愕の背景が明らかに――。深い闇を抱えた孤独な殺人鬼を、一匹狼の刑事が追う長編警察小説。

へたれ探偵《たんてい》　観察日記《かんさつにっき》

相本孝思《すぎもとたかし》

平成26年10月10日　初版発行

発行人——石原正康
編集人——永島賞二
発行所——株式会社幻冬舎
〒151-0051東京都渋谷区千駄ヶ谷4-9-7
電話　03(5411)6222(営業)
　　　03(5411)6211(編集)
　　　振替00120-8-767643
印刷・製本—中央精版印刷株式会社
装丁者——高橋雅之

幻冬舎文庫

ISBN978-4-344-42262-9　C0193　す-14-1